汤姆·斯威夫特和潜水直升机

【英】维克多·阿普尔顿 II 文
燕锐锋 等图
刘庆双 等译

江西·南昌
江西科学技术出版社

图书在版编目（CIP）数据

汤姆·斯威夫特和潜水直升机 /(英) 维克多·阿普尔顿Ⅱ文；燕锐锋等图；刘庆双等译. -- 南昌：江西科学技术出版社, 2018.3（2024.1重印）
（汤姆·斯威夫特丛书）
ISBN 978-7-5390-5884-9

Ⅰ. ①汤… Ⅱ. ①维… ②燕… ③刘… Ⅲ. ①儿童故事-英国-现代 Ⅳ. ①I561.85

中国版本图书馆CIP数据核字(2017)第049488号

国际互联网(Internet)地址：http://www.jxkjcbs.com
选题序号：KX2016050
责任编辑：郭绪书
特约编辑：廖旖晨

汤姆·斯威夫特和潜水直升机
TANGMU SIWEIFUTE HE QIANSHUI ZHISHENGJI

〔英〕维克多·阿普尔顿Ⅱ 文；
燕锐锋 等图；刘庆双 等译

出版发行	江西科学技术出版社
社址	南昌市蓼洲街2号附1号
	邮编：330009 电话：(0791)86623491 86639342(传真)
印刷	三河市嵩川印刷有限公司
经销	各地新华书店
开本	700mm×1000mm 1/16
字数	114千字
印张	11
版次	2018年3月第1版 2024年1月第2次印刷
书号	ISBN 978-7-5390-5884-9
定价	39.00元

赣版权登字-03-2017-59
版权所有 翻印必究
（赣科版图书凡属印装错误，可向承印厂调换）

前言

人总是离不开阅读,特别是在现代化信息时代,阅读无疑更是我们难求的一片宁静港湾,让我们有机会去感受、去体悟、去反思、去认证我们的这个世界和未来的世界。

科幻小说是一种起源于近代西方的文学体裁,在尊重科学结论的基础上进行合理设想后形成的文学作品,具备"逻辑自洽""科学元素""人文思考"三个要素。科幻小说与一般的传统小说不同,其特殊性在于它与科学技术的发展有着直接的联系,能让读者间接了解到科学原理。但它又是一种文艺创作,它扎根于社会现实,反映社会现实中的矛盾和问题,在科学技术发展的方向上,提供若干有参考价值的预见。有时,某些科学发明尚未出现,科幻小说里则已经进行生动的描绘,如潜水艇、机器人和宇宙航行等。

著名文学评论家布哈伊·哈桑曾说,科幻小说可能在哲学上是天真的,在道德上是简单的,在美学上是有些主观的,或粗糙的,但就它最好的方面而言,它似乎触及了人类集体梦想的神经中枢,解放出我们人类这具机器中深藏的某些幻想。

阅读科幻小说至少让我们有如下的感受：

一、文学的轻松愉悦

科幻小说的主题非常明显，它会涉及"未来"和"未知"、"科学"和"规律"、"生命"和"文明"、"生存"和"冒险"等等，每一本科幻小说都是一个全新的世界，每一次阅读都是一段全新、充满惊喜的精神旅程。

二、科学与严谨的想象

爱因斯坦说过，想象力比知识更重要，因为知识是有限的，而想象力概括着世界上的一切，推动着进步，并且是知识进化的源泉。通过阅读科幻小说，感悟其中的想象力，在人文、哲理的思索上，在思想道德意识的增强上所起到的作用是潜移默化的、是发散性的，其威力是不可估量的。

三、引发科学与理性的思考

科幻小说中的"科学方法"是一种有系统地寻求知识的程序，涉及"问题的认知与表述""观察与实验搜集证据""假说的构成与测试"。简单地说就是一个科学理论要经过观察、解释、预测、确认、评估、发表的程序，才能从一个假设发展成原理。科幻小说的"理性思考"就是遵从客观规律、进行逻辑分析的思考方式。

《汤姆·斯威夫特》系列曾是国外流行的科普小说，书中很多的科幻内容今天都已经变成了现实，它曾影响了几代读者，它伴随了很多人的成长。现以中文出版此书，相信书中的情节与科学，也会给中国读者带来同样的快乐体验。

目录 MULU

第一章　失窃的代码……………………………………001

第二章　深海逃亡……………………………………010

第三章　神秘的信息……………………………………017

第四章　天外飞险……………………………………023

第五章　焦头烂额……………………………………028

第六章　好奇的访客……………………………………034

第七章　警　惕………………………………………044

第八章　火箭尾翼……………………………………050

第九章　他的背景……………………………………056

第十章　夺命亚马孙河…………………………………068

第十一章　海洋之箭……………………………………074

第十二章　黄金之城……………………………………083

第十三章　被　困………………………………………090

第十四章	逃出厄境	095
第十五章	海上危情	099
第十六章	小岛地震	106
第十七章	潜艇危机	113
第十八章	海底搜寻	123
第十九章	有人落水了！	128
第二十章	深海恶魔	134
第二十一章	他们不见了	142
第二十二章	振奋人心的消息	147
第二十三章	打捞	154
第二十四章	海底之囚	158
第二十五章	外星生命	163

第一章　失窃的代码

"不见了！一定是被偷了！"汤姆·斯威夫特惊慌地喊道。只见文件和图纸散落一地，身材高大的年轻发明家正在办公桌的抽屉里疯狂地翻找着。

"不可能的，"他的爸爸一边在自己的办公桌上翻找一边大声说着，"《星际词典》昨天就放在这里了，巴德你看见了吗？"斯威夫特先生问刚进来的巴德——一个高个子的十八岁飞行员。

"没有，先生。"巴德·巴克利答道。他朝汤姆走过去，笑着说："你们父子俩用来和外星人交流的代码，我拿来做什么？对我来说，《韦伯词典》已经够难的了！"

若在平时汤姆此刻早已笑了起来，但眼前的他非常严肃。"巴德。"汤姆认真地说，"事关生死。"

"哦，我没想到事情这么严重。可我是今天早上才飞回来的呀。"

"对啊！"汤姆苦笑着说，"是这样的，有一个神秘的外星朋友打算用火箭给我们运送他们星球的生命体。"

"什么？"

"是真的，现在火箭随时都可能降落。我们在等对方通知抵达企业集团的具体时间，再告诉对方时间是否合适，所以我们才会这么急着找那本《星际词典》。"

巴德倒吸了一口凉气说："天啊！如果有人冒充我们，在地球上给他们发射信号的话，火箭就会降落在不该降落的地方！"

汤姆走来走去，说道："是的。"

几个月来，斯威夫特父子一直与另一个星球的友好人士保持着联系。他们得到的第一条信息源自一个奇怪物体，它落在了斯威夫特企业集团试验站的空地上，像是黑色的陨石。

随后，他们又用示波器破解了奇怪的数学符号，获取信息，再通过强大的发射器进行回复。斯威夫特先生会及时地把这些符号及其含义汇编成册，也就是他所说的《星际词典》。

如今搭载着对方生命体样本的火箭就快抵达了。按照计划，父子俩下一步是要告诉外星友人如何避免地球大气层的影响，为之后的地球之行做准备。但现在《星际词典》不见了，原计划被打乱，后果不堪设想。

巴德有气无力地吹了声口哨，然后说："你们觉得谁会拿走了《星际词典》呢？"

汤姆和爸爸对视了一下，面露难色。汤姆答道："据我所知，最后一个出现在办公室的外人是曼森·威克利夫。"

"可他自己就是个顶尖的科学家呀！"巴德提醒道，"他还不至于干这种事儿吧！"

"所以说，"汤姆眉头紧锁，"我也不相信他会这样做。他在太空研究领域的声誉还是不错的。"

第一章 失窃的代码

曼森·威克利夫负责管理的研究所，设备齐全，就在离这儿不远的一个小镇。他们团队里的青年科学家各个血气方刚，每个人都夜以继日地工作。他很有钱，外界对他的称赞要多于指责。

"话虽如此，还是去他那儿看看吧。"斯威夫特先生建议道。斯威夫特先生高大英俊，汤姆和他像极了。

"好的，爸爸，我会尽全力的。"

"我去通知安保部门。"巴德主动帮忙。

两个十八岁的少年急匆匆地出发了。巴德去了安保部，向主管哈兰德·艾姆斯汇报了《星际词典》丢失一事。在现代平顶建筑围起的一块六平方千米的场地上，洁白的飞机跑道格外耀眼。汤姆钻进了一辆吉普车，在公司的空地上呼啸而过。

汤姆来到公司的最北边，爬上了直升机。飞机的螺旋桨"呼呼"地高速运转着，飞上了天空。飞机最终降落在威克利夫研究所的跑道上。几分钟后，他走进了所长办公室。

威克利夫身高一米八，身形单薄，戴眼镜，一头黑发稀稀疏疏的。他从办公桌后迎上前来和汤姆握了握手，说道："没想到我们这么快就见面了，老朋友，快请坐。什么风把你吹来了？"

汤姆委婉地讲述了《星际词典》丢失的事情。曼森的表情越发僵硬。"你怀疑我拿走了你们的代码书吗？"他突然打断了汤姆，盯着他冷冷地问。

"不是的，先生，"汤姆解释道，"只是因为《星际词典》失窃前您去过办公室，我们想知道您有没有注意到什么，能不能给我们提供窃贼的线索。"

"不能！不好意思，我还有重要的事情要处理，您请自便吧！"他冷冷地答道。

汤姆涨红了脸。"抱歉打扰您了，"说着，汤姆站了起来，"我和爸爸觉得此事非同小可。"

回到肖普顿，汤姆立即向爸爸汇报了这次不尽如人意的会面。

"真遗憾，威克利夫态度这么差，"年长的科学家说，"我们还是一无所获。"

"爸爸，你现在着手重新编写《星际词典》了吗？"汤姆询问道。

"嗯，现在凡是我能记起来的、笔记里能找到的，我都写下来了。虽然不全，希望能有所帮助。你也把能想起来的全写下来吧。我们可真蠢啊，怎么没备份呢！"

这时巴德来了，告诉父子俩警察正全面调查《星际词典》失窃案。为了缓解气氛，巴德转过身问汤姆："天才发明家，最近又偷偷地研究什么呢？"

汤姆的眼睛立马亮了，他说："我确实在研究，不过研究的东西有点大，偷偷摸摸地可藏不住。巴德你会喜欢的，可以上天，还可以下海哦。"

"你是说水下飞机？"

"不对，是会飞的潜水艇。"

"别开玩笑了！"巴德不相信地说。

"是真的，"汤姆继续说，"必要的时候还能用履带在陆地上跑呢。"

"说真的！你叫它什么？"

"潜水直升机。"

巴德惊讶地看着汤姆说:"你是说可以在水下行驶的直升机?"

"是的。动叶片在空气中高速旋转,为潜水直升机提供了上升力使其向上升起,和直升机差不多。而在水里,可以通过改变动叶片的角度让潜艇下沉。由于水的密度比空气大,动叶片会转得慢一些。"

"这样下沉有一个好处,"汤姆继续说,"那就是不再需要沉浮箱了。有了动叶片,驾驶员只需要调整叶片角度,就可以把潜艇控制在水下任意深度了。"

汤姆走到工作台,按下按钮,一块画板从墙里滑了出来。上面是潜水直升机的设计图。

"哇。"巴德惊呼道,崇拜地看着这幅长十二米、条理明晰的画卷。

他注意到潜艇分为三个部分:位于两端的A舱和B舱,各容纳三人;中间部分连着动叶片,上下开口,方便水流进入;两边有狭小的通道,方便舱内人员走动。

巴德看糊涂了,问道:"哪是前哪是后呀?"

"看情况喽,"汤姆笑道,"它可以向前、向后行驶。当我们进入海底洞穴,或是不能转弯的时候,这个功能就派上用场了。"

"不错,"巴德饶有兴趣地说,"倒着开就行了。"然后,他又十分好奇地看着汤姆问道:"不过,怎么做到的呢?"

"我说过了啊,动叶片,"汤姆回答道,"调整动叶片就可以控制潜艇行驶和潜水深度了。"

"这样啊。"巴德说,"我猜上升到水面也不需要电了。那在水下,怎样驱动潜艇上升呢。"

汤姆指向两个船舱的底部,中间位置是一些三角形的突起物。

"这是喷射器,"他解释道,"靠原子能反应堆产生的过热蒸汽驱动。"

"我明白了,"巴德说,"这就是操舵装置。"

"说的对。喷射器采用万向系统,可以360度旋转。"

巴德点了点头,赞叹道:"伙计,你太聪明了!"然后又笑着问道:"这玩意儿是干什么用的?你准备去抓牡蛎吗?"

"差不多吧,"汤姆笑着说,"不过我们潜入海底可不是去找珍珠的,我们要找的是金子。"

"说下去,伙计!"

汤姆收起了设计图,这才缓缓道来:"我的两个朋友,乔治·布劳恩和哈密顿·特勒,都是海洋专家,他们推测大西洋底可能有古城。"

"被淹没的城市!"巴德知道又有机会探险了,这令他激动不已。"你是说消失的大陆——亚特兰蒂斯?"

"广义上说,是的,"汤姆说,"哈姆和乔治想沿着大西洋海岭搜寻,因为那可能就是失落大陆之巅。"

"就算是最高点,那也是在水下很深的地方,"巴德说,"而且是远离大西洋海岸的地方。"

"确实如此,"汤姆说,"管他呢,反正哈姆和乔治的科考

需要一架潜水直升机,我就设计了一个。"

"太棒了!"巴德异常兴奋,"这次科学探险算我一个,行不行?"

汤姆笑着说:"好,任命你为海军上将!这艘潜艇每一部分都有喷射器,可以单独用于潜水,而且还能自动上升,浮出水面。唯一实现不了的就是水下停留。我明天准备拿一部分去试潜。"

"这样的设计可以应对紧急情况,真不错!"巴德说,"那,明天见!"

"如果没有外星朋友的消息的话,明天就按计划试潜。"汤姆的脸上又布满了愁云。

巴德离开后,汤姆对爸爸说:"我们继续整理代码吧。"

为了能尽可能多地把记住的代码写下来,父子俩一直工作到深夜。因为担心外星朋友会发来信息,公司的工程师们也都坚守岗位,随时待命。直到第二天天亮,还是没有任何消息。

早上十点钟的时候,汤姆巨大的三层飞行实验室——"蓝天女王"从地下机库升了上来。凭借原子能和喷射器,这架大飞机可以进行高空、高速飞行。

不一会儿,B舱就被装到"蓝天女王"的货舱里。试飞员姆·戴维斯和三个机组成员同汤姆一起去测试海域。

巴德站在一旁看着,他跟汤姆说没看到设计图上船舱前面有翼片。这些翼片从船头向船身两侧三分之一处的水平位置延伸。

"这实际上是潜水舵。"汤姆解释道,"我之所以没画出来,是因为这些翼片不属于船舱。我把它们安在B舱上是为了今天早上测试时能潜得深一些。你看,今天用不到履带,所以也没装呀。"

工作人员说:"一切准备就绪。"

一行人登上了"蓝天女王"。汤姆操控着飞机,启动了核发动机,这个庞然大物就直升上了天空。接着,向东加速飞往大西洋。

巴德坐在汤姆旁边,问道:"我们这是去哪儿测试呀?"

"离海岸大约160千米的地方,就在大陆架上面。我想在深水里试试。"

"确实,离岸越远,水越深。"巴德赞成汤姆的观点。

到了大陆架上方,汤姆让斯利姆来操控,并嘱咐道:"慢慢下降,停在高于水面的位置。"

汤姆、巴德还有另一名机组人员去了机库,潜艇B舱放在里面的支船架上。汤姆和巴德从圆顶舱口进入船舱,并排坐在操控台前,汤姆打开了舱尾的信号灯。机组人员按下墙壁开关,打开机库地面上的出口,由液压绞车将B舱送到水面。

汤姆觉察到这个"小潜艇"正快速地向下坠着,对巴德说:"抓紧了!感觉像是坐深海过山车一样。"巴德咯咯地笑了。

他们一点一点地下沉,窗外是无尽的绿色。大小不一、形态各异的鱼群渐渐地闯入视野,男孩们眼神里满是敬畏。

终于,他们停了下来,四周一片漆黑。汤姆打开灯,看了看深度表,对巴德说:"我们现在在水下180米!"

巴德若有所思地说:"汤姆,这太棒了,你将改写潜水历史!"

突然,巴德感到有水喷到了手腕上。他低头一看,惊恐地喊道:"汤姆,船舱漏水了!"

不一会儿,水开始大量涌进,情况十分危急。

第二章　深海逃亡

水不停地通过焊接缝涌进来。汤姆有些惊慌,大声地喊着:"快把潜水服穿上!"

柜门锁着,巴德不停地砸着,想拿出那太空衣一样笨重的装备。汤姆这边,忙着把喷射动力加到最大,打算把船舱冲上去。终于,船舱开始上升,但此时舱内积水已经有好十几厘米了。

巴德把潜水服扔给了汤姆,大声说道:"我们得弃船了!"

年轻的发明家还没有打算放弃。从驾着飞行实验室开始南美之行起,在他的冒险生涯中,汤姆遇到过不少紧急情况。最近在建造空间站的时候,汤姆也频频遭受到神秘敌人和自然恐怖力量的攻击。

汤姆看了看深度表和舱内越来越多的积水,自己也不知道船舱还能不能上升了。现在,浸了水的发动机和电气系统随时都可能失灵。

两人戴上了安全帽。"你还等什么呢?"巴德有些急躁。

汤姆努力地思考着。此时,深度表显示他们在水下130多米,示数正慢慢地上升,而舱内积水已经没过了腰。

汤姆做出了决定——弃船!他示意巴德,然后打开液压系

统，目不转睛地盯着舱口。舱口正在打开！两人费了好大力气走到舱口下面，准备门一开就游出去。

灯光突然间闪了一下，所有机器都停止了运行，船舱陷入一片黑暗。舱门才打开了两道小缝，根本逃不出去！

汤姆和巴德恐惧万分。此时，他们不知道操控系统是否瘫痪。如果是的话，他们将无法通过人力打开舱门。他们要被困在这了吗？答案只有当舱内充满积水，内外压强相等的时候才能知晓。等水面上升到舱顶，男孩们用尽在水下一百三十多米能使出的全部力气，努力打开舱门。门被打开了！两人游了出来。

他们穿着自动调压服，几分钟后浮出了水面。"蓝天女王"上的机组人员迅速把两人拉了上来。

两人脱下了潜水服，斯利姆·戴维斯走了过来，激动地说："你们没事，真是太好了。"

汤姆简短地讲述了刚刚的遭遇。巴德可怜兮兮地说："我俩差点就跟沙丁鱼一起做罐头了。"

"我是真不愿意弃船，"汤姆说道："怎么就漏水了呢？"

"我们刚才都很担心。"斯利姆说道，"公司的阿特·威尔特萨通过应急无线电台打来电话，说潜艇B舱的一个焊接缝没有做高压密封层处理，好像是因为订单出了问题。"

汤姆得知潜艇基础设计没问题，高兴地说："就是因为这个才漏水的！"

在汤姆的指引下，他们把被遗弃的船舱打捞上来并带回了斯威夫特企业集团。第二天，汤姆因为要指导修理船舱，就让巴德去找安保部主管哈兰德·艾姆斯了解《星际词典》失窃案的进展。

"还没有线索。"主管沮丧地说,"不过我们会继续查下去的。"

电话铃响了,是汤姆打给巴德的。"敢不敢再来一次潜水测压?"汤姆问道,"我想试试A舱。"

"报告船长,随时为您效劳!"

"那马上到我实验室来一趟。对了,我这有两位客人,想试试'蓝天女王'。"

巴德匆匆地向那庞大的建筑群走去,汤姆的私人实验室就设在其中。实验室里,两个漂亮女孩坐在实验台边上。

汤姆的妹妹桑迪·斯威夫特,今年十七岁,脸上挂着明快的微笑。她是个飞行爱好者,巴德·巴克利深深地迷恋她。

另一位是汤姆特别要好的朋友菲利斯·牛顿,今年也十七岁。菲利斯的父亲奈德·牛顿深受斯威夫特先生信赖,两人从少年时代起就是好朋友。他现在身兼要职,是斯威夫特工程公司的经理。这家公司负责制造航空器,还有斯威夫特父子的各种发明。

"嘿!汤姆,你怎么不告诉我呢!"巴德开心地说,"我也好整理一下呀!"

桑迪笑了起来,说:"我俩猜想你们现在可能会需要吉祥物去去晦气,所以就说服汤姆把我俩也带上啦!"

"保证会给你们带来好运的!"菲利斯补充道。

汤姆自嘲地说:"我俩下回被困的时候,这份好运气会派上用场的。"接着又笑着说:"可惜你俩不是美人鱼,要不我们什么都不用担心了。"

桑迪扭过头问:"谁会愿意做海妖啊?"

"就是,"菲利斯说,"我就要做我自己。"

半小时后,"蓝天女王"向东飞去。桑迪跟爸爸和哥哥学过飞行驾驶,但这还是她第一次长时间地操控这个大家伙。

"汤姆,这真是太了不起了!"桑迪说。

"那个,你可别给弄炸了啊!"汤姆提醒道。

到了试潜区,斯利姆·戴维斯负责操控"蓝天女王",男孩们准备下水。有了B舱的前车之鉴,出发前,他们再三检查潜艇A舱是否经过高压密封处理。尽管如此,汤姆还是决定他俩都先穿上潜水服,戴上安全帽,再背上氧气罐,以备不时之需。

男孩们进了舱门,桑迪和菲利斯对他们说:"祝你们好运!"

船舱刚一入水,汤姆快速按动反应器按钮,反应器马上就产生了大量的过热蒸汽。"巴德你看,状态还不错吧!"

到了水下一百八十米,船舱没有发生渗漏。汤姆和巴德这才放下心来,相信此次试潜不会有问题。到了二百七十米的时候,汤姆把喷射管放平,慢慢地打开控制面板上的节流阀。船体嗖地一下向前驶去,像把刀一样划破了海洋的寂静。

"九十二千米,"巴德看着速度计的指针,感叹道,"干得漂亮!"

"第一次没成功,这次算补偿。"汤姆满意地笑了。

"我想知道喷射动力是怎么产生的?"巴德问道。

"每个船舱都有微型原子反应堆,可以制造过热蒸汽,"汤姆解释道,"这些蒸汽会从船舱底部的喷射管射出。在装配好的

潜水直升机里,多余的过热蒸汽不会被浪费掉,而是供给动叶片旋转。"

只见汤姆操控着A舱,一会儿往这边,一会儿又往那边,演示着不同的指令,然后把操控台交给巴德。巴德很快就像老潜航员那样应付自如了。

汤姆对A舱的表现非常满意,亲自操控着返回水面。巴德第一次有机会好好参观一下,把门挨个打开看看。每个设备都是为这有限可用的空间精心设计的。除了发电机、供氧系统和空调系统外,还有紧急补给系统、工具柜和一个科学小型实验站。

"哇!除了洗碗池,这里应有尽有啊。"巴德钦佩地说。

"B舱有洗碗池。"汤姆得意地笑着,"是厨房的一部分。"

不一会儿A舱就升到水面了。男孩们回到"蓝天女王"。

"怎么样啊,船长?"斯利姆·戴维斯问道。

"非常顺利,堪称完美!"

"遇到美人鱼了吗?"桑迪问道,想要捉弄他们一番。

巴德笑着答道:"看见了几个,但她们都是红头发,我更喜欢金发的。"

试潜自然就成了当天斯威夫特家的晚餐话题了。汤姆温柔美丽的妈妈也在一旁仔细地听着。妈妈端来了甜点,是热乎乎的馅饼。她先看了看丈夫,又看了看儿子。

"真希望你们两个发明些不这么冒险的东西!"她说。

汤姆微笑着说:"妈妈,要是我最近发明的那个东西,像这馅饼做得这么成功的话,就没什么可担心的了。"他知道,妈妈对自己和爸爸的成就,心里其实是非常骄傲的。

晚饭后,所有人都聚在宽敞的客厅里。大家兴致勃勃地谈论着汤姆、哈姆·特勒和乔治·布劳恩三人即将进行的海底古城搜寻计划。

突然一阵嘈杂的嗡嗡声打断了一家人的温馨攀谈。"是警报系统!"桑迪说,"会是谁呢?"

"我去看看。"汤姆说罢起身。

斯威夫特家的房子四周被磁场覆盖,一旦受到干扰就会发出信号。斯威夫特一家和他们的朋友手腕上都戴着一个内置中和线圈的手表,因此不会引发警报。若小偷或其他不速之客靠近,警报声就会响起。

汤姆打开门,看到来者是矮胖的肖普顿镇长威廉·克莱德,十分惊讶。镇长此时情绪激动。

"您请进。"汤姆邀请道。

还没等迈进去,镇长便自顾自地说了起来:"你们斯威夫特一定要阻止外太空来的火箭,否则整个镇将会被夷为平地!"

第三章　神秘的信息

克莱德镇长的话让汤姆有些错愕，但汤姆还是很有礼貌地把他领进了客厅。汤姆说："您请坐。"镇长同其他人点头示意，神情紧张。

他坐在安乐椅上，好像陷到了里面一样。他一边用手帕擦着额头一边反反复复地说着自己的来意。"你们一定要阻止外太空火箭降落。"他激动地说，"明白吗？"

斯威夫特先生疑惑地看着他，问："您是从哪里得来的消息呢？"

"十五分钟前，我接到一个电话。"他解释道，"没留姓名，但他告诉我斯威夫特父子收到了一条外太空的消息，说是外太空火箭很快就要降落在肖普顿了。"

"但这并不意味着那是爆炸性火箭呀！"斯威夫特先生说，"根据我们收到的信息来看，我确定不是。"

"几千人生命受到威胁，我怎么可以袖手旁观呢？"镇长怒吼道，"不管会不会爆炸，那枚火箭肯定会给肖普顿带来灾难的！"

实验站一直与外星朋友保持联系。汤姆看了看爸爸，不知道应不应该把这个秘密说出来。

斯威夫特先生知道汤姆想要说什么，他说道："跟您说实话吧。我们收到了外太空传来的消息，是代码形式的。我们已经把符号和含义编进《星际词典》里了，但《星际词典》被偷了。"

克莱德镇长屏住了呼吸："你是说给我打电话的可能就是小偷？"

"很有可能。"汤姆开口说道，"最后一条消息就写在《星际词典》的后面，是关于火箭的。"

"公司安保部一直在追查此事。"斯威夫特先生补充道，"汤姆，给艾姆斯打个电话，问问他调查有没有进展？"

汤姆走到电话旁，拨通了哈伦·艾姆斯的私人号码，得知调查仍然没有任何进展。汤姆把镇长收到匿名电话的事情告诉了艾姆斯，嘱咐道："继续查，有任何消息马上通知我们。"

汤姆挂了电话，眉头紧锁。是内部工作人员干的？一个深受信任的内部人干的？如果是这样的话，动机是什么？窃贼是打算将信息卖给汤姆或爸爸的敌人吗？

汤姆回到客厅，如实地说艾姆斯还没有破案。从斯威夫特先生的表情可以看出，此时他和汤姆一样忧心忡忡。父子俩百般安抚克莱德镇长，但他无论如何也平静不下来。镇长请求父子俩给外星朋友发条信息，叫他们不要往地球发送火箭。

"好吧，"斯威夫特先生同意了，"我们今晚就试着联系他们。"

爸爸的突然决定令汤姆很是震惊。镇长一走，他就问爸爸："你不是真的要跟外星朋友说吧？这可是我们研究外星生命难得的机会，是几百年来科学家们梦寐以求的呀！我们不能放弃！"

第三章 神秘的信息

"别急,汤姆。"爸爸说,"就发条信息请他们推迟发射。这样,我们也有时间整理出更多的代码,而且还能安抚镇长和其他知道这件事的人。"

汤姆不好意思地笑了,说道:"我怎么能认为你会退缩呢!"

斯威夫特夫人和桑迪听说了镇长的想法后十分沮丧。桑迪气不过地说:"如果有人制造麻烦的话,他只会让事情变得更危险!爸爸你可得小心点!汤姆你也是。"

"我的宝贝女儿,我们会保护好自己的。"爸爸向女儿保证道,"汤姆,我们最好马上着手发送信息的事。"

汤姆开着跑车,载着爸爸疾速驶往公司。四周一片黑暗,斯威夫特公司的探照灯发出强光,将院里照得通明。

汤姆调整了电子钥匙的波长,打开了笨重的大门,将车开进了实验大楼。两座一模一样的无线电架线塔耸立在前方,上面还亮着红色的飞行警示灯。

一进大楼,父子俩就匆忙赶去了专门放置主示波器的屋子。在场的还有乔治·迪林,他是斯威夫特企业集团的无线电台主管。

"还是没有消息。我们一天二十四小时都……"他突然兴奋地说:"有消息进来!"

屏幕上出现两个圆圈,像数字"8",中间横着一条锯齿状线条;接着又出现一个椭圆,里面有一个圆圈;信息到这就结束了,屏幕又恢复到原来的图像。

斯威夫特先生从兜里掏出了一个笔记本快速地翻阅着,上面记录了他最近整理的材料。"意思是'继续航行'。"他解释道。

"我没明白什么意思。"汤姆一脸困惑的样子,"消息一定还没发完"。他们又等了十五分钟,仍然没有任何消息进来。

"我们发信息,看他们回不回。"斯威夫特先生提议道。

汤姆接过爸爸的本子,在发射器前坐下,开始向太空发射电子脉冲。斯威夫特先生在一旁监控着示波器。几秒钟后,他大叫道:"等等,汤姆!有干扰!"

屏幕没有显示汤姆输入的符号,而是出现了雪花点,还发出"嘶嘶"声。

"有人在拦截我们的信号!"汤姆惊呼道。

过了一会儿,屏幕不再狂闪。汤姆试着又发了一遍消息,结果屏幕还是闪个不停。

"毫无疑问,"年长的发明家表情严肃地说道,"有人正在竭力阻止我们联系外星朋友。他如果不是窃贼的话,就是从窃贼那里拿到了《星际词典》。"

汤姆突然想到了什么,打了个响指。"没准'继续航行'那条信息也是他发的!"

斯威夫特先生错愕了一下。"你是说消息不是外星朋友发来的。"

"是的,爸爸,这就意味着我们可以通过定位信号来源找到他!"

"我马上叫人追踪干扰信号来源。"乔治·迪林说着,拿起了电话开始分配任务。

汤姆和爸爸一直守在那里,直到迪林忙完回来重新接管示波

器,两人才开着车回家。父子俩心神不宁,隐约感到未来的路将会困难重重。

对方为什么要阻止他们发送信息?神秘信息的完整内容又是什么呢?

汤姆整晚都在思考这几个问题,始终不得其解。第二天,年轻的发明家把注意力转移到潜水直升机的中心部分。他对动叶片在水底试验的结果不太满意。

"可能……"汤姆若有所思地说,"改变叶片角度的方法还有待完善。"

从早上到下午,汤姆一直忙着解决这个问题。他拿来不同形状、不同材质的叶片,放进试验箱,研究不同条件下水流的特点。到了下午四点,他终于想出一个令人满意的新方案——相较于旧方案而言,叶片略细长了些,底部更趋近于直角。他把设计图交给了制模部的总工程师汉克·斯特林。

"汉克,可以按照这张图帮我重新铸造一组叶片吗?"汤姆问道,"还有,让阿特·威尔特萨过来一下,改变叶片角度的方法我做了些调整。"

当天晚上,汤姆正在家里的工作室专心研究海图时,巴德来了。

"忙什么呢?"巴德说着坐了下来,"为我们下次出航制定航线?"

"没有,就是想了解了解大西洋海岭。"

"那给我讲讲吧,我对海底山脉一窍不通。"

"大西洋海岭像一条脊骨一样卧在海底,北起冰岛,南至南美和非洲之间。"

"你那两个朋友是不是说，我们会在那里找到失落的大陆——亚特兰蒂斯？"巴德问道。

汤姆点点头，说道："有些科学家不大相信这种推测。另一些则坚信确有其事。他们还说是古埃及人、墨西哥的阿兹特克人和中美洲的玛雅人都是在大西洋中部的某块土地上，将自己的文明发展起来的。"

"那你信吗，天才发明家？"巴德饶有兴趣地问。

年轻的发明家耸了耸肩。"没有足够的证据，很难下结论。不过你看这儿。"他指着海图上一个群岛附近的地方说，"你注意到这里水下山峰的构造没有？"

"嗯，怎么了？"

"这些可不仅仅是凸起的山坡。"

"什么意思？"巴德被他神秘兮兮的语气深深地吸引住了。

"我相信这些是城墙的一部分，或者是举行仪式的场地，周围还有金字塔一样的东西。我认为乔治·布劳恩和哈姆·特勒应该从这里开始探寻。"

巴德兴奋地从椅子上跳了起来。"汤姆，我们下次试潜的时候去那儿看看吧！"

第四章　天外飞险

看着朋友跃跃欲试的样子,汤姆笑道:"喂!兄弟,别激动啊!要想潜水直升机能够长时间航行,还有很多工作要做呢。"

"哦,那快点啊,我都等不及去找那淹没的古城了。"

"对了。"汤姆说,"我还有样东西没给你看。"

"是什么?"

"明天回公司给你看。"

第二天早上,汤姆一直忙着改进控制潜艇叶片角度的装置。阿特·威尔特萨说两三天之内能完成控制系统的安装。

还没到午饭时间,巴德就风风火火地去了汤姆的办公室,"你不是说要给我看什么新玩意儿吗?"

"当然了,就放在影像部,我们开车过去吧。"

两人钻进了一辆吉普车,向一幢三层实验楼驶去。汤姆拿出钥匙对准前方的钢制大门,待其滑向一边,两人开了进去,再由液压升降机连人带车一并送到顶楼。无声传送带把两人送入侧厅,又把车运到实验楼入口附近。

侧厅里正进行着各种各样的影像实验。汤姆带着巴德走到一个超大的电视摄像机前,上面有许多旋钮和刻度盘,最后面有一个屏幕。

"好家伙！"巴德不由自主地挠了挠头，"干什么用的？"

"透过墙壁等物体拍摄动作分解图，记录声音。"汤姆答道，"五秒钟后就能投射到屏幕或是播放器上。其实，我是把爸爸以前发明的影像探测仪改进了一下。"

"这简直就是全知之眼！"巴德赞叹道，"这'超级侦探'叫什么呢？"

"还没腾出空来取名呢，有什么建议吗？"

"'谍眼'怎么样？"

"非常好！"汤姆笑道，"我在开发彩色模式，但是还不太成熟。现在只能看到黑白的图像，你想看吗？"

"当然。"

汤姆把相机推到墙边，墙外面就是走廊。

"看看外面现在是什么状况。"说着，他按下开关，调了几个刻度。

几秒钟后，屏幕上出现了走廊里的图像，非常清晰。一个矮墩墩的人，秃头、罗圈腿，推着装满食物的餐车走了过来。

"是乔·温克勒！"汤姆轻声笑了出来。

乔以前是流动炊事车上的厨师，是个乐天派。斯威夫特父子在西南部做原子实验的时候遇到了他，就把他带回肖普顿，让他做企业集团的主厨。有时乔会和汤姆一起去探险。

"天哪！快看乔穿的那件格子衬衫。"巴德有些嫌弃地说，"幸亏不是彩色模式，要不这机器非得报废不可！"

第四章 天外飞险

大家都知道乔有个癖好——喜欢穿颜色俗丽的牛仔衬衫,偏爱橙紫或红绿的大块撞色组合。

汤姆调整了镜头,把画面集中在厨师身上。只见乔每走几步就会停下来,从餐盘里拿取食物品尝。他每尝一口都会吐吐舌头,做个鬼脸。男孩们在屏幕前大笑着,笑得身体发颤。

"菜肯定不是他做的。"巴德说。

"千万别是给我们的。"汤姆说,"看乔表情,好像在吃毒药一样!"

乔把食物送到了隔壁的冶金部后,汤姆出去把他叫了进来,假装很严厉地说:

"为什么拿餐车上的东西吃?乔,难道你在厨房还没吃够吗?"

厨师有些不快,皱起那被晒成古铜色的脸,说道:"我的天哪!我就是想看看新来的厨师怎么样。他说自己以前在一家饭店当过厨师,可我看他就是在吹牛,他都不会做……"

乔突然张大了嘴巴,一副惊得说不出话来的样子。"你们怎么会知道我偷吃了?当时只有我一个人在,我非常确定!"

汤姆大笑起来,说:"你真的想知道吗?"

"是不是你新发明了什么东西?"厨师眯起眼睛扫视了一圈。

"过来看看你自己吧。"说着,汤姆把图片倒退回去,再按下按钮,图片又按正常顺序播放了。

乔目不转睛地看着屏幕,眼睛瞪得大大的。"我的天哪!这些照片你们从哪儿弄到的?"

听了汤姆的解释，这位头发斑白的老头沮丧地摇了摇头，"从现在起，这里的人将完全没有隐私了。有这台相机监视着，我还怎么发明新菜式给你们惊喜呀？"

巴德笑着说："如果你指的是山艾汤和盐渍响尾蛇那样的惊喜，我倒是觉得没有也无妨。"

"汤姆·斯威夫特，请立刻去查看主示波器，有消息进入！"突如其来的广播打断了他们的说笑。

汤姆冲出实验室，飞奔进旁边的屋子——主示波器放在那里。爸爸正忙着记录代码。屏幕上接连出现奇怪的数学符号，不一会儿就消失了。

"爸爸，他们说什么？能译出来吗？"汤姆上气不接下气地问。

"等会儿，儿子。"斯威夫特先生对照着笔记写下了几个字，然后抬起头，愁容满面，"破译出这个可得费些功夫。你看看有没有你能记住的代码。"

父子俩在一张张纸上演算着，忙了一个多小时，终于破译出信息内容：

导弹即将到达你方并爆炸，以提示火箭正在驶近。

两位发明家面面相觑，神情紧张，谁也不敢说出那盘旋在心头的疑虑。导弹如果落在肖普顿中心地区怎么办？

还没等两人开口说话，这时电话铃响了。乔治·迪林一下子站了起来，接起电话，然后转身对斯威夫特父子说：

"镇长打来的，找你俩。"

"我来接！"汤姆拿起电话，"您好，我是小汤姆·斯威

夫特。"

听筒里传出镇长暴怒的声音。"我刚收到关于导弹的消息。真该死,你和你爸爸向我保证过一定会阻止火箭降落的!"

"什么!"汤姆难以置信地问道,"是谁……"

"别问那么多!"克莱德镇长情绪激动,"你们说过会阻止火箭……"

"我们试过给对方发送信息。"汤姆解释道,"但是,有人一直在拦截我们的信号。"

"别在那儿找借口。这事因你们而起,在肖普顿还没被炸平之前,你们自己看着办吧!"

镇长"咔嗒"一声把电话给挂了,没给汤姆反驳或是询问消息来源的机会。

"怎么了,儿子,又出什么事了?"斯威夫特先生焦急地问。

"爸爸,克莱德已经知道导弹的事了!"

汤姆刚说完,电话铃又响了。这次是《肖普顿晚报》的编辑丹·帕金斯打来的。

他声音平静、冷漠,说汤姆父子的这次科学研究做得太过了。"你们必须阻止导弹降落在镇上。否则,你们就是杀人凶手。"

斯威夫特先生,站在房间中间,每个字都听得清清楚楚。汤姆放下电话,绝望地看着爸爸。

"爸爸,我们该怎么办?"

斯威夫特先生双手紧攥,在屋里来回地踱着步。"恐怕什么也做不了,汤姆。我们现在……你听!"

天空出现了刺眼的光,紧跟着一声巨响,十分骇人。

第五章　焦头烂额

斯威夫特企业集团上空的爆炸使得公司里的建筑摇晃起来。汤姆和爸爸所在的房间里书本和小物件滚落一地，两扇玻璃窗也凹了进来。父子俩冲到其中一扇窗前，乔治·迪林也跟了过去。

粉尘像乌云一样悬在上空，黑压压的一片；碎片像下雨一样，不停落到试验站。

"导弹一定是在我们上方爆炸的！"年长的科学家喘着粗气说道。

"我得出去查看一下。"汤姆大呼道，"谢天谢地，导弹在我们上方而不是地面爆炸。"

"一定是外星朋友设计好的。"斯威夫特先生回应道。说话间，汤姆出了房门，向外面飞奔而去。警卫和员工全都挤在院子里，场面十分混乱。汤姆发觉有人把手搭在他的肩上，回头一看，是巴德赶来了。

"怎么回事，兄弟，有人想炸掉斯威夫特企业集团？"

"应该是外星朋友发来的信息。"

"方式不太友好。"巴德抱怨着。

"这是火箭抵达之前的预告。"汤姆马上解释道，"走，我

第五章 焦头烂额

们去看看都损毁了些什么。"

一番检查后,汤姆确信爆炸没有造成实质性的损失,也没有人受伤。他急忙跑回去向爸爸汇报,巴德紧跟其后。

"爸爸,一切正常!"他说道,"只做些轻微修复就可以了。"

斯威夫特先生正在挂断电话。"我刚跟塔台的调度员通了电话,他目击了这次爆炸。他说爆炸就发生在几百米的高空,但是没看到导弹。"

"我们最好发个通知安抚一下员工。"汤姆建议道。

"好主意,儿子。"

斯威夫特先生又打了个电话。不一会儿,扬声器里就传出了声音,整个院子都听得见:

"请继续工作,一切正常。爆炸是与外星人联络的一部分。重复一遍,请继续工作!"

与此同时,汤姆正在启动太空发射器。随后,他一次次地尝试发送信息,但每次示波器屏幕都狂闪个不停。

"是不是爆炸的原因,坏掉了?"巴德问道。

汤姆摇摇头,愤怒地说:"又有人在拦截信号。"

"又?"巴德不解地问。

汤姆答道:"《星际词典》被盗之后,我们也尝试过发送信息。但信号被拦截了,那是第一次。"

在场的还有迪林。"我们没有追踪到对方的位置。通过对方所在的频率很难捕捉到信号源。"

"嗯,继续查。"汤姆转过来,一脸担忧地对爸爸说,"爸爸,我想了解肖普顿现在的情况,我们去镇上看看吧。"

"好啊,我们再去找镇长谈谈。"

"我来开车。"巴德想了解事态的发展,便主动请示道。

巴德把他鲜红色的敞篷车停在了大门口。三人急忙上车,疾驰穿过肖普顿郊区,朝镇中心驶去。

到了镇上,只见到处都有人围成一圈,聚在一起讨论着刚才的爆炸。破损的窗子和店铺门面说明确实发生过爆炸,但是没有造成其他损失。

到了镇政府后,巴德先去停车,然后三人走了进去。镇长办公室的地面上摆着一架闪光灯,克莱德镇长正被一群记者围在中间讲话。看见斯威夫特父子,镇长扯了一个大大的微笑,表示欢迎。

"祝贺你们!"说着,他先跟斯威夫特先生握手,然后是汤姆,"让导弹在空中爆炸,这招真是高啊!"

"是啊,是啊……"斯威夫特先生讷讷地说,"不过,这不是我的主意。"

"那我猜一定是汤姆想出来的了。"尽管男孩立即否认,镇长仍然自顾自地继续说着。

"无论如何。"斯威夫特先生说,"这次爆炸带来的损失全都由我们公司承担。"

编辑帕金斯说服两位科学家接受了采访,父子俩成功地避开了大部分问题,没有丝毫透露与外星人联络的事情。

"我想问一下。"汤姆在采访结束时问道,"你和克莱德镇长是如何提早得知导弹爆炸一事的?"

两人的回答是一样的——有人打电话通知他们。对方提供的消息内容简短,而且说完马上挂断电话,不说姓名。

"我知道了。"斯威夫特先生说道。

三人离开了镇政府。车上巴德突然笑了起来说:"斯威夫特父子现在可是全镇的大英雄了。"

"不知道还能撑多久。"斯威夫特先生苦笑道。

汤姆紧锁着眉,陷入了思考。"要是我们能亲自抓到偷词典的窃贼就好了!到时看他还怎么多嘴!"

"我们现在还不能确定是窃贼打的电话。"爸爸提醒道。

当天傍晚,汤姆和爸爸回到了私人办公室。内部电话响了起来,汤姆去接,是秘书特伦特小姐打来的。

"穆森·威克利夫先生来了。"秘书在电话里说。

"什么!"汤姆大吃一惊,马上又说,"让他进来。"

瘦瘦高高的科学家走了进来,脸上带着和善的微笑,完全看不出,几天前他曾与汤姆有过不愉快的会面。但是,眼镜后面那双眼睛正冷冷地审视着父子俩,像是要把人穿透一样。

"真是太神奇了,我是说早上的爆炸。"说着,和父子俩握了手坐下。

"恐怕还是给肖普顿造成了恐慌。"汤姆说道。

"但你能想到让导弹在落地之前爆炸,这种办法还是值得祝贺的。"威克利夫继续讨好道。

汤姆不知道这是夸奖还是讽刺,问道:"那您看新闻报道了吗?"

"当然,广播和电视里都播报了这件事,还有报纸。"威克利夫顿了顿，拿出一支烟，把烟蒂揪下来再点燃。"我猜导弹一定是从外太空投射过来的吧？"他随口问道。

"确实是来自外太空。"斯威夫特先生毫不隐瞒地说。

"那你收集到碎片了吗？"

"一点点而已，拿去做分析了。但目前为止，还没发现有什么未知元素。"

"全世界的科学家都会对你的发现感兴趣的，包括政府的人。"威克利夫补充道。

他们还在交谈着，汤姆也弄不明白他此番的来意。他问了很多问题，父子俩都礼貌地谨慎回答。他们从科学角度讨论了这枚奇怪的导弹，但父子俩没告诉他导弹其实是外星朋友发来的预警信号。

访客终于离开了。汤姆问爸爸："他来干什么？"

"我猜是打探消息吧，我怀疑他已经知道了很多消息。"

"我只想知道火箭什么时候抵达！"汤姆不安地摆弄着桌上的文件，然后起身在屋里走来走去，"应该快了。"

"你也知道的。"斯威夫特先生平静地说，"那条'继续航行'的信息可能和火箭有关。火箭如果从这样的高度降落在这里，虽然完全避开了肖普顿，但还是会让这里的所有人都身处险境。"

"我当然知道啦！失之毫厘，谬以千里啊！"汤姆看着窗外，意识到在整件事里，斯威夫特企业集团的一切，无论平地还是那密密麻麻的大楼，俨然成为摧毁的目标。他又来来回回地走着，紧张兮兮地念叨着：

第五章 焦头烂额

"如果我们让火箭偏向安全的地方呢？"

斯威夫特先生提示汤姆，外星朋友可能会利用三角星束测量法导航。这是宇宙飞船大脑发展的理论。汤姆的火箭飞船——'星箭'也用到过。通过三个星球的方位能保证火箭准确定位目标。

"如果是这样的话，"年长的科学家继续说道，"我们可以尝试发射其中一条星束，来改变火箭航线。但话又说回来，如果火箭采用的是自动引导装置的话……"

他眉头紧锁，陷入了沉思。汤姆又有了一个计划。在接下来的一个小时里，父子俩反复讨论，最终决定将重点放在确定火箭的发射地点上。

"有可能是从火星发射的。正好我们有几个朋友在做相关实验。"汤姆说，"我们可以先从这开始。"

按照他的计划，如果他们能找到火箭发射地点的话，就可以查出火箭的发射时间。然后，再用超高频电波追踪航线，这样就能够在火箭到达肖普顿之前改变航线。

当天晚上和第二天一整天，父子俩一直废寝忘食地装配一套强大的雷达装置。他们希望这台雷达的信号穿过太空巨洞，找到火箭的发射地点。

晚饭过后，父子俩在巴德·巴克利的陪同下开车去了实验站进行第一次试验。雷达操控装置安装在主示波器的那间屋子里。

巴德和斯威夫特先生在一旁紧张地看着。汤姆先调整旋钮和刻度，然后开始向外太空发射雷达光束。

巴德突然惊呼道："快看！你捕捉到了什么？"

雷达屏幕上出现了一个物体光点！

第六章　好奇的访客

光点在屏幕上慢慢地移动,越来越亮,越来越明显。巴德兴奋地抓住汤姆的肩。

"近了,近了!"

"是外星访客。"斯威夫特先生默默地念道,"不知道是敌是友?"

汤姆目不转睛地看着屏幕,双手在那些控制旋钮间飞舞着。"我们先追踪,然后再……"

图像突然一闪就消失了,汤姆失望地叹了口气。

"这就是我们的结果,空欢喜一场。"

"在航天学里这个叫什么?"巴德问道。

"应该是陨石。"汤姆解释道,"比正常的陨石要大些,遇到大气层会燃烧。"

"儿子,我们再给外星朋友发条信息。"斯威夫特先生建议道,"虽然希望渺茫,但万一成功了呢。"

"试试也无妨。"汤姆表示同意。

他先调试了太空发射器,然后开始发送内容为"请求延迟发送火箭"的代码。

第六章 好奇的访客

巴德兴奋地大叫道:"发出去了,兄弟!没有拦截我们!"

示波器屏幕上清清楚楚地显示着那串代码,一点干扰也没有。

"目前还不错。"汤姆发送完信息说道,"希望外星朋友能够收到。"

过了一会儿,三人注意到屏幕上出现了一个光点。一个代码出现了,然后消失。紧接着又出现了一个,然后屏幕又恢复到了原来的样子。斯威夫特先生拿出笔记本开始解码。

信息内容是"五天"。

巴德如释重负,吹了个口哨,"虽然时间不长,但终于能喘口气了。"

巴德没想到的是,汤姆说信息可能是假的。

"为什么?"巴德问道。

"火星人是高智商物种,科学地讲,比我们先进得多。如果他们要安排时间的话,绝对不会像'五天'这么宽泛。他们会精确到小时、分钟甚至是秒。"

斯威夫特先生沮丧地点点头,"儿子,恐怕你是对的。很有可能是一直拦截我们信号的人设的骗局。"

汤姆再一次调试发射器,把刚才的信息又发了一遍,结果示波器上显示的回复还是一样。

信息仍然不可信。他回归到雷达定位的工作中去,整晚都在不遗余力地搜寻火箭在外太空的发射地点。巴德和斯威夫特先生也加入进来,结果还是一无所获。

"这事就到此为止吧。"斯威夫特先生疲惫地叹着气说,

"汤姆,明天开始,你就继续你的潜水直升机项目。雷达就由我和迪林来接管。"

第二天早上十点钟,汤姆到了机械车间。阿特·威尔特萨正在向他展示新铸的动叶片,质量虽小,但性能却极强,抛光后闪着白色的光芒。

"这就是最终成品了,要不要试试?"

汤姆点点头,说:"今天下午进行整个动叶部分的压力测试。"

下午一点半,起重机把整个动叶片装置运送到企业集团大院一端,放入巨大的方形混凝土水池里。技术人员通过铁梯下到水池里,把整个装置的外壳紧紧地固定在架子上,安装了机组远程控制设备。没多久,水就从一排直径一米二的管口涌进水池。

水池里的水越来越多,巴德·巴克利走过来问汤姆:"你打算怎么测试?"

汤姆答道:"让涡轮机全速运转,能加多少压就加多少。我们只需要找出不耐压的地方。"

等水池注满,他们关闭了那扇五厘米的滑动钢门,把水池彻底封了起来。

"预备!"汤姆大声喊道,同时示意工作人员准备施压。

阿特·威尔特萨拉下控制杆,一道闸门开始旋转直至完全敞开。同时,汤姆使用远程控制板启动了原子反应装置,向涡轮机喷射蒸汽,盖在水池上的钢板发出了低沉的隆隆声。

几分钟过去了,汤姆一直在观察外壳上各应变点仪表示数的变化。就目前情况来看,各部位耐压性都很好。此时动叶片正以

3700转/分的速度旋转着。

此时，亚夫和巴德正目不转睛地盯着主测压计，上面的刻度显示的是海底深度所对应的压力。

"现在是海底三千米！"巴德屏住了呼吸。

"我们要在那两倍的深度和压力下测试。"汤姆平静地说。

刻度盘上的指针缓缓地滑到六千米刻度的位置，所有人都凑过来看，个个一副难以置信的模样。

"海真的有那么深吗？"一位技术人员质疑道。

"当然了，菲律宾海沟和日本海沟大概有十千米深呢。"汤姆答道，"但我们这台潜水直升机是远远潜不到那么深的。"

测试结束了，水池里的水被抽了出去。汤姆仔仔细细地检查了一遍动叶装置，没有发现任何损坏！

巴德拍了拍汤姆的后背说："干得漂亮！测试结果非常令人满意，看来你的潜水直升机要带我们去海底溜达溜达了！"

"先别忙着祝贺。"汤姆谨慎地说，"我得仔细看看动叶片目前是什么状况。"

X射线扫描显示，其中一个叶片上出现了一个小小的内部裂纹。汤姆沮丧地叹息着，"又要开始寻找新合金材料了。"新材料除了要质量小、抗海水腐蚀外，还必须比现有的任何金属更加坚硬。

汤姆花了整个下午和半个晚上的时间，在冶金实验室里寻找新材料。他用电阻炉冶炼了少量的钛、铬、钒、镍、钨、钶，以及其他金属的各种合金。

但物理测试机的检验结果显示，没有一种合金比动叶片当前

第六章 好奇的访客

所使用的材料硬度更大。

第二天清晨,阳光透过窗子照了进来。巴德·巴克利来到实验室,看到汤姆伏在工作台上睡着——他昨晚在用显微镜观察合金时睡着了。

"喂,起来了!"巴德边说,边轻轻地晃了晃他,"这都九点了,该休息休息了!"

汤姆坐了起来,使劲眨了眨眼睛,驱走困意。"休息?"他笑着说,"现在可不是休息的时候。我刚刚梦到了我找了一夜的'配方'!"

汤姆去洗手间用凉水洗了把脸,又在巴德错愕不已的注视下,开始用电阻炉冶炼新合金。这种合金在不同温度下的测试结果,比汤姆预期的最好效果还要好很多。

"你看起来很开心嘛。"巴德问道,"测试有那么成功吗?"

"成功解决动叶片的问题了,我简直帅呆啦!"汤姆轻声笑道,"走,我们把'配方'给汉克·斯特林送去!"

二十四小时后,一组全新的动叶片经铸造加工已经和潜艇组装在一起。潜艇的整个动叶部分又浸入到混凝土水池进行第二次高压高速测试。这一次,汤姆用X光机检查的时候没有发现任何裂纹!

巴德拍着汤姆的肩庆贺道:"祝贺你,兄弟!你又成功了!"

"今晚跟我回家吃饭。"汤姆说,"我一会儿打电话,让妈妈做点好吃的庆祝庆祝!"

晚餐有肥厚多汁的牛排，柔嫩得像要融化在嘴里一样。甜点是树莓冰淇淋和巧克力蛋糕。桑迪还邀请了菲利斯·牛顿。晚餐非常愉快，孩子们都吃得非常尽兴。

汤姆看着妈妈微笑着说："晚餐太棒了，妈妈！"说着又叉起盘子里最后几块蛋糕碎块，"可惜爸爸不在家，无福享用喽。他就是一会儿也不肯离开实验站。"

"兄弟，告诉你一个秘密，"巴德咧着嘴笑着，"我吃了足足的两人份呢！"

"你和汤姆可真是一对！"桑迪佯装不赞同的样子，轻声笑着说，"你们整天就知道吃、睡、工作！"

"尤其是工作。"菲利斯戏谑道，"桑迪，他们多久没和咱俩约会了？"

桑迪那双蓝眼睛黯淡了下来。"我也记不清了，我猜他们是太忙了，忙到没空搭理我们吧。"

男孩们意识到她们正在奚落自己。"说真的，女生们。"汤姆开口解释道，"我们最近特别忙。为了我的潜水直升机，整个实验站都在没日没夜地加班。现在，太空火箭又出了不少麻烦事……"

"不用解释，没关系的。"菲利斯打断了汤姆的话，轻描淡写地说，"反正我们今晚要和两个英俊潇洒的工程师约会。"

"你是说我和汤姆吧？"巴德以为她们在起哄，要和他俩约会。

桑迪洋洋得意地说："不是你俩，是曼森·威克利夫研究所的两个工程师。听说长得很帅呢。"

第六章 好奇的访客

"你们没见过?"汤姆忍不住问道。

"贝蒂·肯伍德想跟我们来个六人约会。"菲利斯很快又解释道,"她有个朋友在塞萨利威克利夫实验室工作。"

桑迪注意到男孩们的脸涨得通红,顽皮地说:"天哪,菲利斯,他们一定是吃醋了!"

"你俩今晚打算去哪里?"斯威夫特夫人也加入了闲聊。

"贝蒂说塞萨利游艇俱乐部,今晚有个舞会。"桑迪答道。

"亲爱的,我这样说你可能觉得我是老糊涂了,疑神疑鬼的。"斯威夫特夫人说,"但太空火箭的事,真的令我很担心。万一发生了什么事的话,我希望我们每个人都在肖普顿。这次约会就在家里吧,好吗?"

桑迪和菲利斯十分理解妈妈的焦虑,便欣然答应了。刚过八点不久,贝蒂·肯伍德带着她的男伴和两个工程师来到了家里。一行人进了客厅,大家已经在里面恭候多时了。

"这是费迪南·阿克顿。"贝蒂向大家介绍了其中一个工程师,"这是凯尔顿·普来斯。"

"别这么正式嘛。"阿克顿脸上带着儒雅的微笑,微微鞠了一躬,"叫我费德,叫他凯尔特就可以了。"

阿克顿头发金黄、身材偏瘦、肤色苍白,穿了件格子衬衫和白色法兰绒裤子,腰间扎着酒红色的腰带。他的朋友凯尔特·普莱斯,身材矮胖,一头浓密的黑发,和他形成了有趣的对比。两人都年近三十。

"看来,你们女孩喜欢和我们这样的技术男在家里约会。"普莱斯盯着菲利斯看,毫不掩饰自己的爱慕之情。

"我想问一下。"阿克顿说,"你的天才哥哥今晚也和我们一起吗?"

汤姆冷冷地说:"不必了,谢谢。我和巴德还有事。走,巴德,我们回实验站。"

两人大步走出了房子,上了巴德的红色敞篷车。

"两个怪物!"巴德愤怒地咒骂着,"砰"的一声关上车门,驾着车在砾石路上呼啸着向前驶去。

黑暗中汤姆笑了起来。"现在桑迪和菲利斯可能也不快活。看那俩男伴的长相,不好过的是她俩才对。"

到达斯威夫特企业集团后,汤姆和巴德在主建筑楼顶的平台上找到了斯威夫特先生。一架巨大的望远镜从楼顶上伸了出去,他正坐在望远镜后面观测天空。

"爸爸,有消息吗?"汤姆问道。

"还没有,儿子。没有任何火箭或运载飞船的迹象。但我总觉得很快就会有什么事情要发生了!"

此时,贝蒂·肯伍德和她的男伴已经去了塞萨利游艇俱乐部,让桑迪和菲利斯单独与费德和凯尔特相处。当桑迪和菲儿表示想留在家里的时候,两个年轻男人看起来非常高兴。斯威夫特夫人已经上楼去做针线活、看电视了。

"你哥哥是个非常了不起的科学家。"费德·阿克顿一边说,一边抽着进口香烟,烟嘴是象牙雕刻的。

"你真是这样想的?"桑迪平静地问道。

"当然了,我可一直是小汤姆·斯威夫特的粉丝啊!他发明了那么多东西,我猜他现在有新项目了,对吧?"他阴阳怪气的

论调,将他此番目的暴露无疑——打探消息。

"可能吧。"桑迪微微一笑,"他一直这样。"

见桑迪不肯正面回答,凯尔特·普莱斯直接问道:"最近这个小天才在干什么?"

桑迪和菲利斯会心一视,没有给出正面回答。两位威克利夫的工程师马上又接着问下去。

费德·阿克顿接下来的问题让桑迪始料未及。"汤姆是不是在改造水下飞机,打算去海里找什么?"

第七章 警惕

桑迪没有马上回答费德·阿克顿的问题。他知道汤姆在制造潜水直升机？汤姆要与乔治·布劳恩和哈姆·特勒一起去海底寻找遗失大陆的计划，他知不知道呢？

"这你得问我哥哥了。"她甜甜地笑着，"他工作上的事很多细节我都不清楚。但我很好奇你为什么会问起哥哥的那个发明。"

"没什么。"金发偏瘦的费德吐出一口烟，"我一个飞行员朋友说，他前几天看见'蓝天女王'在大西洋上方悬停。我想可能是汤姆在测试什么水下设备吧。"

费德说得随意，但桑迪还是能够从话语里听出他在套话。费德·阿克顿抬起一边眉毛，疑惑地看着桑迪，似乎想了解飞行实验室在海域附近的举动。这时，桑迪能够确定他们就是在打探消息。

桑迪完全不理会他的暗示。事实上，她决定用一种迂回、不易察觉的方式打探对方的消息。"你为曼森·威克利夫工作很久了了吗？"

"四年了。"费德·阿克顿回答说，"他是个不错的老板！

我之前在欧洲工作。"

"欧洲？有意思！"

"我在欧洲接受了科学领域的教育。先是在大学学习，然后又拿到了硕士学位。"

"哇，真厉害！"桑迪赞叹道，"住在国外一定很有趣吧。"

"嗯，是啊，确实很有趣。欧洲毕竟是世界文化的发源地。"阿克顿优雅地挥了挥手中的烟，"在那里才能真正地欣赏到艺术和美。相比之下，A国就显得过于粗俗了。"

"但你还是很喜欢在威克利夫实验室工作的，对吧？"桑迪追问道。

"当然，这里……呃……非常特别。对我来说，在这工作是一次科研能力的挑战。"

"这点我非常同意。"桑迪装出一副很感兴趣的样子，"虽然科学领域我不太懂，但我想知道你具体都做些什么？"

"嗯……我们研究的领域很多。"费德·阿克顿的回答含糊不清。

"对，几乎所有领域都有所涉猎。"凯尔毫不谦虚地说，"比如电子、塑料、计算机、原子物理等等。"

"那你们也会做水下研究吧？"桑迪一脸天真地问道。

这时费德·阿克顿笑了。"我们的研究成果自然会应用到水下，也可能和飞行器设计有关，或者只是应用在地面上。"

桑迪知道他这样回答是在嘲笑自己，如跳梁小丑一般不自量力地打探消息，心中顿生怒火。但她知道要想从他嘴里套出什么话来，发脾气是没有任何帮助的。

菲利斯似乎看出了好友的目的，便替她解围，说："你俩试过海底潜水吗？一定超级刺激！"

凯尔特·普莱斯笑道："或许你是对的。但我更喜欢在游泳池里潜水，如果你不用自己的头往池底撞的话，那绝对安全！"说完自己就大笑起来。

桑迪说要拿冰淇淋和蛋糕招待客人，去了厨房。菲利斯也跟过去帮忙。

"今晚可真难熬！"桑迪小声说道。

菲利斯沮丧地点点头："本想随便找人约个会，捉弄捉弄汤姆和巴德。但现在看来，受罪的是咱俩。"

桑迪从冰箱里拿出冰淇淋，舀了几份出来，放在菲利斯递过来的盘子里。

"有意思。"桑迪小声说，"费德和凯尔特一直在问我们汤姆的事。"

"可不是嘛。"菲利斯说，"而且他们始终不肯告诉我们，威克利夫实验室到底在做什么。"

桑德拉·斯威夫特将冰淇淋摆放到托盘上，不由得眉头一皱，忧心忡忡地说："菲利斯你知道吗，汤姆和爸爸目前可以确定的是，曼森·威克利夫是《星际词典》丢失前，最后出现在他们办公室的人。在这之后，太空火箭接二连三地出乱子。"

菲利斯惊得瞪大了眼睛，说："天哪，你是说今晚费德和凯尔特来这，正是为了这个？"

"这个我也不太确定。他们也可能觉得，跟我们俩约会就可以轻而易举地打听到斯威夫特企业集团内部消息了。不管怎样。"桑迪接着说，"我一定会把今晚的事一五一十地告诉汤姆！"

回到客厅后，桑迪问阿克顿有没有回欧洲度假的打算。

"没想过去欧洲。"他回答道，"但我和凯尔特很快就要旅行了。"

"冒险之旅哦！"凯尔特补充道，"虽然我不是很喜欢硬壳太阳帽之类的东西。"

"去玩还是执行任务？"桑迪随意问道。

"都有吧。"阿克顿答道。

他没说这次的任务是什么。倒是提到，目的地有一条河，其流域是A国某条河的二十倍，蜿蜒流过数千米湿热的丛林。那里遍地都是黄金、钻石、橡胶、石油、锰等矿产资源。

阿克顿还说河岸边住着猎人，森林里有极美的兰花，常常有奇怪的动物出没。

"这简直是仙境啊！"菲利斯梦呓般地感叹道，"像电影里的场景一样！"

"别急着下定论，那里还有很可怕的东西哦。"普莱斯窃笑着说，"费德给她讲讲水虎鱼。"

"啊，对，水虎鱼。"阿克顿看着女孩们坏笑着说，"水虎鱼可是世界上最了不起的小动物！"

"是什么呀？"桑迪问道。

"鱼，确切地说是食人鱼。有着斗牛犬的嘴巴，牙齿锋利，长度不到三十厘米，却是最凶险的生物。它们会迅速攻击任何移动的东西。血的气味让它们发狂。"

此时，女孩们面色有些苍白。阿克顿继续讲道："有一篇报道说，有一位A国科学家在独木舟上睡着了，手垂进了水里。当他把手拿出来的时候，手腕以下就只剩下骨头了。"

"啊，太恐怖了！"菲儿吓得浑身发抖。

"那你想不想听长六米的蛇紧紧地缠在……"

还没等他说完，一阵刺耳的声音划破了夜空。声音越来越大，随后又渐渐消逝。

"是斯威夫特企业集团的警笛声！"桑迪紧张地吸了口气，"一定是出什么事了！"

女孩们连同阿克顿和普莱斯一起跑到了外面。

"快看！"菲儿指着天空大喊道。

夜空中东北方向一个红色发亮物体闪过。

第七章 警惕

第八章　火箭尾翼

空中那火红的物体向肖普顿疾速飞去，桑迪和菲利斯吓得呆若木鸡，站在原地一动不动。阿克顿和普莱斯相视一眼，急忙奔向他们停在路边的敞篷车。

费德·阿克顿启动了引擎，全速驶离了这里。夜幕中，只剩下车轮卷起的碎石滚落在地上。

桑迪和菲利斯根本没注意自己的客人已经离开了。由于惊吓，她们瞪大了眼睛，呆呆地望着天空那火红的物体划过的痕迹，如临大敌。但令她们意外的是，那个东西减速了。

斯威夫特夫人急忙跑了出来，紧紧地抱住两个女孩。时间一秒一秒地过去了，火箭越来越近，三人不停地战栗着。

"这会不会是汤姆说的外太空来的火箭？"菲利斯的声音在颤抖。

"一定是的！"斯威夫特夫人回答道，"如果我们知道它要降落在哪里，我们就可以……"

她惊得说不出话了。火箭突然改变方向往东南方飞去，渐渐远离了肖普顿。

"谢天谢地，谢天谢地！"斯威夫特夫人喃喃地说。

几分钟后,红色物体消失了。

"这是个奇迹啊!"桑迪依偎在妈妈怀里,"是不是爸爸和汤姆阻止火箭降落在肖普顿的?"

"要不我们问问他们那边现在怎么样了?"菲利斯建议道。

桑迪赶忙回到屋里,拨通了斯威夫特企业集团的电话,电话那边是汤姆。"别担心,我的好妹妹,一切尽在掌握之中。"汤姆向她保证道,"什么?没有啊,救了肖普顿可不是我们的功劳,事实上火箭为什么突然转向我们也很不清楚。但是你记不记得'继续航行'那条信息?"

"记得啊,你是说火箭转向是因为这条信息?"

"这条信息的本意可能是说,火箭会在肖普顿和降落地点之间航行。"

汤姆挂掉电话。这时,巴德进来了,手里拿着几幅大照片。

"这是火箭的照片!"他兴奋地说,"他们拍到好东西了!"

汤姆和斯威夫特先生急切地翻看着照片。照片里的火箭有着雪茄一样的奇特外形,上面布满了圆形杯状的翼片,从机头到机尾越来越大,远不同于地球上的任何设计。

"太神奇了!"斯威夫特先生自言自语地说,"无论国内还是国外,我从来没见过哪个射弹上有翼片,值得好好研究一番。"

"是不是你们太空朋友发送的火箭?"巴德问道。

"一定是,毫无疑问。儿子,你觉得呢?"

"我同意你的观点。"汤姆答道,"里面一定有我们所期待的外星生命体样本。"

"那它为什么又飞走了？"巴德问道，"这本来就是要给你们的呀。"

斯威夫特先生想到了"继续航行"那条信息，不由得皱起了眉。"又是敌人暗中使的计谋。"他说道，"还是那个一直拦截我们信号，并向我们发送那条'延迟五天'的虚假信息的人干的。"

"还有一种可能，"汤姆说，"外星朋友可能决定继续向大西洋飞行。"

"为什么？"巴德困惑地看向好友。

"让火箭冷却下来。"汤姆解释道，"也许他们料到，我们需要时间去寻找既能够打开火箭，又能保证舱内生命体完好的方式。而这期间，想要保证生命体样本存活，就只有这一个办法了。"

电话铃响了，汤姆马上去接了起来。

"我是乔治·迪林。"电话那头的人说，"我给海岸警卫队打过电话，得到这样的消息。"

"什么消息？"

"有人看见一颗陨石在9点27分的时候飞向了大海。航线、速度还有具体位置分别是……"

迪林很快说出了几组数据，汤姆统统记在了桌子上的便笺上。然后，撕下来递给了爸爸和巴德。

"好的，谢谢你乔治，继续联络船只、飞机、空军基地、气象站，或者是其他能够提供线索的目击者。今晚要通宵了。"

迪林无奈地笑着说："这还用说！"

"我们一会儿就去通讯部帮忙。"说完汤姆挂了电话。

父子俩一到无线电打印室,就急忙开始打电话。两人打了很多电话,联系了很多人、政府机构,还有沿岸地点,希望能获取更多信息。

与此同时,巴德打开了无线打印机,将方向设置为东南方向。机器像机关枪一样"咔嗒咔嗒"运转起来,在磁带机上留下平滑的印记。

"喂!有消息进来了!"巴德突然兴奋地说。

汤姆和斯威夫特先生连忙跑到巴德身边。消息来自沿岸的一艘油轮"石油皇后",说是看到空中有像陨石一样的奇怪的东西。几分钟后,一艘货船"万神号"也提供了类似的线索——两条信息都提供了经纬度和当时的具体时间。

汤姆在墙上的大地图上标出了三条信息提供的位置,火箭的航线马上就清清楚楚地展现在眼前。

"往南大西洋去了,没错。"汤姆做出了判断。

"问题是。"斯威夫特先生说,"火箭的降落地点和降落时间还不能确定。"

"我得通知凯恩!"汤姆说道。

汤姆来到斯威夫特企业集团专用电视网络的巨大控制面板前,打开视频电话,按下按钮,正在接通驻扎在A国最南端城市的广播员。不一会儿,凯恩的脸就清晰地出现在屏幕上。

"汤姆,什么事?"

年轻的科学家长话短说,将太空火箭的事情说了一遍。"联系你在大西洋和加勒比海区域的联络员,关于这枚火箭的任何消息都不要错过,一有消息马上通知我们!"

"好,我马上去办。"

"凯恩,还有一件事。"汤姆说,"说到火箭的时候,就用陨石或者是火球代替吧,这事暂且还不能宣扬出去。"

"好的长官,一定照办!"

时间在一点一点地流逝,不断有电话、无线视频、视频电话打入提供线索。有目击者当时在飞机或轮船上亲眼看到了火箭,剩下的就是在转述自己收听的,或是从别人那里听来的海岸电台的报道,有人甚至故意夸大其词。所有的证据都表明这枚火箭还在往东南方向航行。

午夜过后,提供线索的人越来越少,也没有任何新的线索了。后来,巴德回家睡觉去了。汤姆和爸爸仍然留在实验站,在汤姆实验室前厅的两张折叠床上睡了一会儿。当晚再也没有任何进展了。

第二天,父子俩坐在电视接收机旁,心不在焉地吃着乔准备的丰盛早餐。"竟然没有一个人看到火箭降落在哪儿,有意思。"斯威夫特先生若有所思地说。

突然,电视控制板的红色信号灯亮了。"我来接!"汤姆一下从椅子上蹿了起来。

他打开视频电话,凯恩出现在画面里。

"有消息了吗?"汤姆急切地问道。

"重要消息!今天早上,一架飞机降落在加勒比地区。飞行员说,他看见了一个红彤彤的东西一头扎进了附近海域。"

"他说具体在什么位置了吗?"

"他当时没测方位,所以我只能给你一个大概的经纬度范围。我已经在这张海图上标出了范围。"凯恩举起手中的海图,继续说道,"但是也别对我的猜测抱太大希望,偏差可能会很大。"

汤姆记下数字,谢过凯恩后,关闭了通话。爸爸殷切地看着儿子在墙上的地图上标绘出一片区域。

"如果火箭真的落在这儿,那就与我们之前收到的火箭航线的消息完全吻合了!"汤姆此时已是成竹在胸。

斯威夫特先生点点头说:"你说得对,孩子,可是搜索范围恐怕还是很大的。"

父子俩坐下来思考着,这时电话响了。斯威夫特先生接起电话,是汤姆妈妈打来的。

"哦,是你呀,玛丽,早上好……怎么会这样?"

几分钟后,他挂掉电话,一脸困惑不解的样子。

"怎么了,爸爸,出什么事了?"汤姆有些担心。

"坦白地说,我也不知道,孩子。是关于老管家巴格特夫人的。"

汤姆回想起小时候巴格特夫人对自己非常好,眼神流露出牵挂之情。"巴格特夫人没出什么事吧?"

"应该没事。几分钟前,她往家里打了电话,说是有非常重要的消息要告诉我。巴格特夫人是不会言过其实的人。我们现在就去见她!"

第九章 他的背景

父子俩跟乔治·迪林交代了几句后,急匆匆地奔向停在通信大楼外的吉普车。刚开出大门,斯威夫特先生说:"先回家,带上你妈妈和桑迪。她们想去探望巴格特夫人,也很好奇她说的重要消息是什么。"

斯威夫特夫人和桑迪上车坐好后,汤姆又开着车上路了。车上桑迪开口道:"我跟你说说昨晚约会的情况吧,你一定会对我和菲利斯的重大发现感兴趣的。"

她把昨晚的谈话内容讲了一遍——阿克顿和普莱斯想通过闲聊打探汤姆最近的举动,阿克顿问的关于水下飞机的问题,还有他俩即将到来的旅行。

"他们没说要去哪儿。但是听他们的描述,我猜应该是在亚马孙河附近。"

斯威夫特先生感到了深深的不安。"水下搜寻!"他惊呼道,"天哪,汤姆,他们好像是提前知道了火箭会降落在那里!"

"看起来确实是这样,爸爸。我们一定要找出真相。"

几分钟后,他们的车停在一座漂亮的小别墅前。房子外面挂

第九章 他的背景

满了藤蔓,十分漂亮。巴格特夫人已年过八十,仍然精神矍铄,和一个上了年纪的表妹住在这里。门铃响了,老管家亲自来开门。和大家热情地打过招呼后,老管家把他们引进了客厅。

"天哪,桑迪,你越来越像玛丽·内斯特了!"像往常一样,她叫斯威夫特夫人的婚前姓名。"还有你汤姆,一直都那么像你爸爸!"

一番寒暄后,斯威夫特先生问道:"巴格特夫人,您要告诉我的重要信息是什么?"

"哦,你也知道,玛丽不太跟我说你工作上的事。但是她跟我说过,最近你们很多科学数据被偷了。"她说,"我知道背后主使可能是谁,是曼森·威克利夫!"

汤姆和爸爸大吃一惊,看了彼此一眼。"您有什么证据吗?"斯威夫特先生很快问道。

"我表妹爱丽斯跟我说过一件事。等会儿,我让她进来跟你们说,她就在花园里。"

巴格特夫人起身去叫表妹。爱丽斯·里姆斯身材矮小,头发已经花白,看起来精明能干又不失和蔼可亲。进来后,爱丽斯先是和斯威夫特一家打了招呼。

"爱丽斯,给他们讲讲曼森·威克利夫的那些事。"

爱丽斯坐了下来。"我曾经住在西海岸,这你们是知道的。"她说道,"几年前,那有个年轻的工程师,叫曼森·威克利夫,他是搞科研的,做得非常成功。有一天他却突然离开了。他走后,各种各样关于他的猜测就传开了,有人说他靠剽窃别人的创意,干一些非法的勾当赚钱。"

"啊?"这令斯威夫特一家大吃一惊。汤姆问:"那他后来怎么样了?"

"不清楚。"爱丽斯·里姆斯回答道,"但前几天我在报纸上看见一个人,也叫曼森·威克利夫。我就跟表姐珍妮说了这事。表姐觉得这个人可能和企业集团遇到的麻烦有关。"

"我现在就去给哈伦·艾姆斯打电话。"汤姆一下子站了起来,说道。

汤姆接通了安保部的电话,把爱丽斯·里姆斯提供的信息告诉了艾姆斯。艾姆斯立刻有了想法。"汤姆,这和泰德·艾尔海默跟我说的完全吻合。"泰德·艾尔海默是斯威夫特在西海岸的广播员。"他去过你办公室后,也就是《星际词典》失窃之前,我一直在调查威克利夫的背景。等等!"艾姆斯突然不说话了,"艾尔海默正在给我发消息,一会儿我打巴格特夫人家的电话找你。"

在等艾姆斯电话的时候,爱丽斯讲了很多曼森·威克利夫在西海岸干的那些见不得人的勾当。"到时你们就知道了。"她总结道,"那个人信不得!"

就在这时,电话铃响了,汤姆急忙跑去接听。汤姆回来后神色不安。"艾姆斯说这个曼森·威克利夫和爱丽斯说的是同一个人。看来他确实有嫌疑。"

斯威夫特先生表情严肃。"我同意你的观点,咱们现在要小心行事。汤姆,我觉得你现在最好给威克利夫打个电话,约他见面。要是艾姆斯或是其他安保人员找他,他就该多疑了。"

"好的,爸爸。"汤姆答应了下来,"我想我最好回家再给

他打电话。"

和两位女士闲聊了几分钟之后,斯威夫特一家就离开了。他们刚一到家,汤姆就拨了塞萨利威克利夫实验室的电话,找负责人威克利夫。

"对不起,先生。"电话那头的人说,"威克利夫先生不在。"

"我去哪儿找他呢?"

"我也不知道。他走得非常突然,没说要去哪里。"

汤姆挂掉电话,阴沉着脸,向大家汇报了刚才的对话。

"我来联系费德·阿克顿,还有凯尔特·普莱斯吧!"桑迪很想帮忙,提出了这个建议。

"好主意,妹妹!"

她拿起电话,拨通了塞萨利实验站电话。她那困惑的表情说明她也运气不佳。

"他们都走了!"桑迪挂上电话,大声说道,"不知道去了哪里,也不知道什么时候回来。"

"爸爸,这就对了。"汤姆激动地说,"威克利夫和他的手下,就是一直把我们耍的晕头转向的人!"

斯威夫特先生有些乱了阵脚,但声音仍然平静地说:"先别急着下定论,儿子。他们去了别的地方不代表他们一定做了坏事。"

"那为什么偏偏火箭一降落,他们就离开啊?"

"咱们这么想。"斯威夫特先生说,"那枚火箭可是非常宝贵的。如果消息走漏了,很多人都会加入寻宝行列,想拥有它,威克利夫也一样。"

汤姆坚持己见地摇摇头说："我认为事情从一开始就是设计好的。别忘了那条消息'继续航行'。也许这不是完整的信息，可能少了最重要的那部分。发信息的人一定是通知太空朋友，降落别的什么地方了！"

年长的科学家承认事情极有可能是这样的。

"有一点可以确定。"汤姆说，"这将是我和威克利夫之间的一场角逐。而我要先找到火箭！我决定启用潜水直升机！"

两位发明家匆忙吃过午饭后，就开着车回实验站了。

刚到办公室，斯威夫特先生说："汤姆，现在还没有火箭降落地点的进一步消息。我建议，你先用水上飞机进行初步搜查。找到火箭后，再开着你的潜水直升机去把它带回来。"

"可是爸爸，火箭在水里，水上是看不到的呀。"汤姆困惑地反驳道。

"是看不见，但我一直在研发一种水下金属探测器。不管是黄金，还是其他什么贵重金属，即使是隔着一层外壳，也能探测出来。"

"太好了，爸爸！"

斯威夫特先生笑了，"有了它你就能探测出火箭了。到我办公室去，我给你讲讲。"

斯威夫特先生办公室里的设备先进、齐全。他从工作台的抽屉里拿出来一副图纸。

"这项发明的原理非常简单。"他解释道，"发射器向海里发射超高频探测电波。这种电波在水中的探测原理，和雷达波束

第九章 他的背景

在空气里的探测原理是一样的。孩子,你说当超高频电波在水中遇到固体会发生什么呢?"

"电波会以一个稍微不同的频率反射回来。"汤姆笑着答道。

"回答正确!反射频率由所探测物体的分子结构决定。"

"我懂了!"汤姆兴奋地说,"只要测出反射频率,就可以判断探测到的是哪种金属了!"

"完全正确。"

"爸爸,你这个发明太棒了!这样一来搜索工作就轻松了一倍!探测器什么时候能投入使用?"

"这两周,电子部一直在做试用样品。估计最迟明早就能完工。"

"马上就能带着探测器出发了!"

"最好再带上你的达蒙镜。"他嘱咐道,"这样就能知道火箭装的是不是放射性物质了。"

第一次驾着飞行实验室去探险之前,汤姆发明了达蒙镜。达蒙镜是在盖格计数器基础上的一个大幅的改进。它可以将紫外荧光记录在电影胶片上。汤姆用它在南美找到了一座储量惊人的放射性矿山。

当天下午晚些时候,汤姆决定联系现居W城的两位海洋学家朋友,告诉他们潜水直升机即将完工,很快就能去大西洋海岭搜寻古城了。汤姆觉得等火箭的事尘埃落定,他们马上就会踏上一段新的探险之旅。哈姆·特勒接了电话。

"乔治现在不在,"他说,"我代表他表示,愿意敬候佳音。对了,什么时候能开着潜水直升机出发呀?"

"就快了,已经通过了所有测试。"

"我就知道,汤姆,你的大脑能解决所有问题,从来没有失败过!说真的,听到这个消息我很高兴,我相信乔治也是。"

"还有一件事。"汤姆继续说道,"我仔细想过,我们应该从哪里开始搜寻海底之城。"他把和巴德讨论过的水下山峰的理论解释了一遍。

特勒倍感震撼,他说:"汤姆,这个想法不错!最神奇的是,这跟我和乔治的想法是一致的。我们偶然听到一个古老的神话,得出了这个理论……算了,不细说了,等见了面再告诉你。"

"厉害啊,哈姆!你们现在也开始做准备吧。我还有点事情要先处理完,等我这边一切准备就绪就通知你们。"

"嗯,抓紧时间。"哈姆催促道。

"我会尽力的,"汤姆向他保证道,"拜拜。"

当天下午下班前,金属探测器试用样品做好了。汤姆很开心,连忙拿去电子部检测。

"太好了,爸爸!"汤姆激动地说。年长的发明家笑而不语。在回自己的办公室的路上,汤姆看到了巴德。"嘿,小飞侠!"他叫住巴德,"想不想搭乘飞往南边的航班?"

"当然愿意了,我加入,伙计。"巴德咧着嘴笑着说,"我们什么时候出发?"

"十二小时之内,今晚早点睡吧!"

汤姆还叫上了斯利姆·戴维斯和三个机组成员。第二天天还

第九章 他的背景

没亮,一行人驾驶着装有四个喷口的水陆两用飞艇出发了。按照汤姆的要求,巴德始终用无线电设备与实验站迪林办公室保持联通,结果还是没有火箭的下落。

汤姆将飞机切换到了自动驾驶模式。"我们去哪里找?"斯利姆问道。

汤姆从兜里拿出来一张海图,上面标记着和凯恩视频通话时,发送过来的火箭可能降落的范围。

"当然了,现在还不能确定范围是否准确。"汤姆说道,"但这和火箭当时的飞行路线是吻合的。我个人觉得,火箭会降落在亚马孙大陆架一带。但我们还是要把这部分区域全都搜索一遍。"

飞机进入到亚马孙流域,在上空继续向南飞行。

从飞机上向下看去,飞鸟成群、蓝色和白色的苍鹭、雪一样的白鹭,还有烈火般的红鹳在空中排成"V"字。一群群硕大的贾比鲁鹳直冲云霄,在高空中翱翔。

"我们得到达离海岸一百六十千米的位置。"说着,汤姆转变了航向。"亚马孙河口有三百二十千米宽。斯利姆,到达河口后你来操控飞机,在上方迂回飞行。"

斯威夫特先生发明的金属探测器安装在飞机头部,发射器挂在一根长管的末端,伸入水中。达蒙镜安装在探测器后面的空位上,摄像头正对着海面。

行驶到离海岸一百六十千米的时候,汤姆和巴德去做实验,飞机由斯利姆操控。汤姆按下按钮,达蒙镜发出微弱的呼呼声。接着,他又启动了金属探测器,小心地调动了几个旋钮。巴德在一旁饶有兴致地看着。

几秒钟后,探测器发出了窸窸窣窣的声音,指针颤颤巍巍地转到了上面,进入金属频率范围。

"听这声音!"巴德兴奋地说道,"我们没准探测到了火箭!"

见好友这么兴奋,汤姆摇了摇头,笑道:"如果是火箭那种质量集中的物体,声音会大很多。现在听到的是背景噪音,很抱歉让你失望了。"

"为什么会这样?"巴德问道。

"应该是锰矿的原因。整个亚马孙盆地到处都是这玩意儿。"

探测器的响声总是断断续续的。达蒙镜遇见放射性物质会产生荧光,但汤姆查看了几次,始终没有发现任何荧光的迹象。

令他们失望的是,从深水域到浅水域,没有搜索到火箭的任何迹象。他们调转方向准备往半岛方向航行的时候,看见河上有几艘渔船。

"要不问问他们有没有看见火箭?"巴德提议道,"当地人很可能还不知道新闻上火箭的内容。"

"好主意。"汤姆说道,"下降,斯利姆!"

飞机慢慢滑行,最终悬停在水面。几个好奇的本地人划着一艘帆船,还有两条独木舟靠了过来。

汤姆他们打开飞机舱口,从里面探出头来。几句寒暄过后,

第九章 他的背景

便向他们打听火箭下落。但对方说的是葡萄牙语,汤姆他们听得满脸茫然。

"他们好像不懂我们的语言。"一位机组成员雷德·琼斯抱怨道。

"你会点他们的方言,对吧,汤姆。"斯利姆问年轻的科学家,"试试吧!"

"没准你这办法还真行呢。"汤姆接受了斯利姆的建议。他转过身问那几个渔民:"你们有没有看到一只大火鸟从天空中掉了下来?"

其中一个人立刻听明白了,"看见了,看见了,先生!"他指着一个方向激动地说。

"汤姆,你怎么跟他们说的?"巴德问道。

"我问他们看没看到一只大火鸟从天上掉进海里。看他指的方向,我们的搜索路线是对的,我们明天过来接着找。"

夕阳已经沉沉地挂在天边。巴德提议先去丛林里游览一番再回去,"天还早着呢。"他说,"我在货舱里放了几条小船,一把捕鱼枪……怎么样,去不去?"

"好吧,还有谁想去吗?"

斯利姆和琼斯立刻表示愿意一同前往。几人在丛林河流入口处,将独木舟放了下来。飞机上的人帮忙留意着鳄鱼和鲨鱼,汤姆和巴德划着船在前面带路,戴维斯和雷德·琼斯紧跟其后。

当地的行船路线十分狭窄,仅容得下一条小船通过,行舟于此让人不免有些惶恐不安。四周一片绿,茫茫无迹,昏暗压抑。两岸树木成排,阳光透过树叶零零星星地照了进来,洒下斑驳的光点。

树干上爬满了植物，还有开着花的藤蔓；猴子在树枝间荡来荡去，"吱吱"地喧闹着；一只只身形硕大的蝴蝶在花间轻快地飞舞；绚丽的鹦鹉对着小船上的访客刺耳地叫着。他们还看见一条蟒蛇在树叶间穿梭。

"天哪，我怎么没带相机来，太可惜了！"巴德说，"这就是光线不太好，但只要有快速感光片……"

一阵尖叫声传来，两人猛地回头一看，发现后面的小船翻了。戴维斯和琼斯正在水中胡乱地挣扎着。

突然，汤姆倒吸了一口凉气，万分惊恐地指着水面上高耸的鱼鳍。只见那鱼鳍像刀子一样划开了水面，直直地向他们逼近。

"巴德，是食人鲨！"

第九章 他的背景

第十章 夺命亚马孙河

汤姆和巴德拼命地使劲划桨,调转船头。两人迅速往回划,准备营救斯利姆和雷德。

"小心鲨鱼!"汤姆对他们大喊道。

听到汤姆的提醒,两人发现了身后的鲨鱼,拼命地游向一边。但食人鲨也跟着转了弯,向他们游去。汤姆去驱赶鲨鱼,小船差点被撞翻。

"汤姆,缠住它,我来装鱼枪!"巴德大喊道。

汤姆蹲在船头,使劲抡着手中的船桨,一次次重重地砍向食人鲨。大鲨鱼则用那锯齿般锋利的牙齿猛咬汤姆挥过来的船桨。

突然"嗖"的一声,汤姆看到一只细长的金属矛,变戏法一样歪歪斜斜地,射中鲨鱼侧身。原来是巴德开的枪,枪上装有二氧化碳气瓶,没想到一枪命中!

大鲨鱼被突如其来的疼痛激怒了,它沉入水中。不一会儿,又潜伏在近水面,愤怒地抽打着尾巴。不堪一击的小船在涌起的水波的冲击下,晃得厉害,岌岌可危。

巴德伺机重新装了鱼枪,再次开火,又一次射中鲨鱼侧身!鲨鱼已经挨了两枪,但仍不见其有任何虚弱的迹象。它突然转身

游走了,伤口流了许多血,水染红了一片。

斯利姆·戴维斯趁机游到船边。"拉我一把!"他气喘吁吁地说。

汤姆放下手中的船桨,把他拉了上来。巴德正努力稳住摇摇晃晃的小船。

此时,雷德·琼斯正往岸边游去,却被恣意蔓生黏滑的水藻缠住了。鲨鱼正向他游去!现在想要阻止鲨鱼,除了用鱼枪再别无他法。

"巴德,再给它一枪!"汤姆的声音焦躁不安。

巴德瞄准鲨鱼,扣动扳机,又射中了!枪头稳稳地插在鲨鱼背上离头部不远的位置。鲨鱼疯狂地扭动着,几秒钟后翻过身,露出雪白的肚皮,漂浮在水面上。

"干得漂亮,兄弟!它不会再攻击我们了!"汤姆为神射手巴德欢呼道。

斯利姆·戴维斯还没来得及喘口气,就指着船边一群银色的东西大喊道:

"水虎鱼!好多水虎鱼!"

这群食人鱼察觉到了鲨鱼的血腥,赶来享用丰盛大餐。如果不能立即摆脱水藻的束缚,雷德·琼斯就会沦为它们的食物!

汤姆和巴德抄起船桨拼命地划向雷德。时间紧迫,趁着水虎鱼在享用漂在水面的大鲨鱼,汤姆迅速拿出一把刀,将雷德从水草里解救出来。雷德受到了点儿惊吓,但好在毫发无损,很快也爬上了船。

"噢,那一刀太及时了!"雷德虚弱地喘息着说,"谢谢你救了我！"

"它们可赚大了！"巴德咕哝着，盯着那些水虎鱼看得津津有味。

鲨鱼已经被吃剩一半了。水虎鱼彼此之间野蛮地争夺食物，将河水搅起一片血色的泡沫。

"我们赶快回去吧。"斯利姆建议道，"我再也不想什么丛林之旅了。"

"我同意！"雷德还在瑟瑟发抖，已经筋疲力尽了。

没找到那条翻了的船，四人只能挤在一条船上。等他们回到飞机上时，天已经黑了。看见几人狼狈不堪的样子，留在飞机上值班的几名成员十分困惑。在听了事情的来龙去脉之后，几人惊得目瞪口呆，纷纷庆幸自己留在了飞机上。

"你们不在的时候，我们发现了一艘潜水艇。"一名机组成员汇报道，"对方的潜望镜离我们不到四十五米。"

"潜水艇？"汤姆吹了个口哨，"朝什么方向去了？"

"出海方向，但是不久就沉下水面了。"

汤姆和巴德相视一眼。潜艇为什么会出现在这片水域？

夜里，水上飞机停泊在风平浪静的水域。汤姆久久难以入睡，大脑一直高速运转着。热带地区的夜晚是湿热的，汤姆脱下裤子，一头扎到床上。

汤姆的大脑仍不得片刻放松。他反反复复地思考着曼森·威克利夫的奇怪举动，还是捉摸不透。还有，机组人员看到的潜艇又是怎么一回事呢？会不会是威克利夫来找火箭呢？

如果是这样的话，情况就变得紧急了！汤姆清楚地知道，不

得不抓紧搜寻工作了,否则就会在这场较量中输掉。既找不到火箭,也拿不到里面那些珍贵的外星生命体样本。

汤姆为了平复心绪,从床上爬了起来,打算去机舱里坐坐。寂寥的夜晚,偶尔有几声鸟鸣,丛林入口也隐没在暗紫色的帷幕下。

他坐在机舱里向外望去,突然听到奇怪的声响。起初还无法辨认,随后才意识到有人在划船,是船桨拍击水面的声音。

月亮被云遮去了一部分,洒下微弱诡异的光。汤姆在黑暗中四处张望着,终于发现一艘当地的独木舟,里面坐着几个人,正往飞机这来。

是敌是友?

等他们离近了,汤姆探出头去,冲着下面喊道:

"喂!是谁在船上?"

说着,汤姆打开了射灯,向小船照去。黄色刺眼的灯光下出现了四个人。两个白人,两个土著人。四人迅速地遮起脸,奋力将船划走。

虽然只是匆忙瞥了一眼四人的长相,但汤姆十分确定,那两个白人就是费德·阿克顿和凯尔特·普莱斯!他赶忙回到船尾卧室隔间,把巴德摇醒。

"怎么了?"巴德喃喃地说道,用一条胳膊懒懒地支起上身。

"快起来,巴德,我们有麻烦了!"汤姆俯在巴德耳边,小声地告诉他刚才有四个人偷偷摸摸地接近飞机。

巴德一下子跳了起来。两人来到机舱,每人各坚守一边。几个小时后,曙光照亮了天空,他们才松了口气。看来那几个人不会再来了。

"下三滥的手段!"巴德疲惫地抻了抻懒腰,抱怨道,"他们不来,倒是骗得我们整夜不能睡觉!"

"总好过在卧室里被炸飞吧!"汤姆笑嘻嘻地说,"回家的路上再补觉吧。"

"那得等到什么时候?"

"等他们起床的时候。我已经想明白了,金属探测器之所以无法找到火箭,是因为火箭使用的是地球上没有或者是防探测的材料。所以我觉得,我们最好尽快用潜水直升机下水搜寻。"

"我同意。"

随后,一行人驾着飞机向北行进。在横穿加勒比海域时,汤姆想起,把潜水直升机的各个部分组合起来后,还没做过测试。于是,他打开视频联系在肖普顿的乔治·迪林:

"通知阿特·威尔特萨把潜水直升机的三部分带到费林岛,我希望尽快组装好,明天一早试航。"

"我马上通知他。"

费林岛形似拇指,方圆五千米都是沙丘和草丛,坐落在大西洋海岸,是斯威夫特企业集团的火箭基地,驾着飞机可以从肖普顿直接抵达这里。汤姆的火箭舰船'星剑',还有建造太空轮卫星时用到的火箭艇,都是在这里研发和测试的。

太阳快落山的时候,汤姆一行人抵达了费林岛,水上飞机停在了南部码头。他们了上岸,看见远处有一个身影正向他们走来。只见那人大腹便便、罗圈腿、光秃秃的脑袋泛着光,穿着一

件红黄撞色的衬衫。

"乔,老伙计!"汤姆上前问候道,"你怎么来了?"

"听说你们要到海底玩玩,我想你们应该需要一个厨师吧。"

"你想和我们一起去?"汤姆惊讶地问道,"会有危险的。"

"那又怎样,你们得吃饭,这才是最重要的。"乔笑着说,"其实,我一直在研究,到了海底给你们做点什么吃好呢。"

"呃,算了吧!"巴德不满地说道,"我猜是水煮乌贼,爆炒水蛇吧?"

"都不是。"乔否定了巴德的猜测,"我自创了四道菜,都超级棒哦!"他目光恳切地看着年轻的发明家问道:"怎么样,汤姆?带上我去给你们做饭吧!"

汤姆本想拒绝的,但一看到乔那渴望的眼神就动摇了。"好吧,跟着来吧。"汤姆眯了眯眼说道,"但是你记住,要是害得我们中毒的话,就永远别想上岸了!"

乔做出害怕的样子,然后欢呼道:"太好了!"

第十一章 海洋之箭

当天晚上,汤姆、巴德还有乔住在斯威夫特家在费林岛的一栋小别墅里。天刚亮,几人就从被窝里爬起来,穿好衣服后,吃了顿丰盛的早餐。

"试航需要的东西都准备好了吗?"汤姆问厨师。

"你带上我就对了。"乔笑着说道,打开野餐食篮给他们看,里面装满了食物。

"这是……你的深海菜系需要的材料?"巴德嘲弄道。

"不是,我要等到真正航行的时候再做深海菜肴。"

三人开着吉普车前往飞机场。工作人员正围着潜水直升机,前前后后地忙着做最后的校准。旁边停着'蓝天女王',将会和这架相对较小的潜水直升机一起参加这次试航。

巴德踩下刹车,吉普车稳稳地停下。"我觉得这次不需要'蓝天女王',我们自己就可以的。"汤姆说道,看起来有十足的把握。

过了一会儿,阿特·威尔特萨告诉他们工作人员已经检查完毕。"这是第一条由原子反应堆驱动的飞鱼。"他轻笑道,"祝你们好运,伙计们!"

汤姆、巴德和乔依次爬上A舱,从舱口爬进潜水直升机。巴德关上了舱门,汤姆已经在操控台前坐好了。外面所有人都在向他们挥手,祝他们好运。

"出发喽!"汤姆说着按下反应堆开关,加大油门,动叶片转眼间就转动起来了。随后汤姆收起了控制轮。

潜水直升机缓缓升空了。"我们已经离开地面了!"巴德兴奋地说。

几秒钟后,他们已经升入高空,飞机场被远远地甩在身后。很快,整个岛屿变成了波澜起伏的海洋中的一块褐色斑点。

"我的天呀!"乔指着处于同一海拔的飞行实验室惊呼道:"这小玩意儿和'蓝天女王'升得一样快!"

上升到三千千米的时候,汤姆关掉了前喷射口。突然的变速将几人重重地推向椅背,随后直升机在空中向前飞行。

"哇!"巴德赞叹道,"伙计,飞机后面的尾巴像彗星一样!"

"现在我要活动活动筋骨了。"汤姆好像在宣布什么似的。

直升机在空中旋转、后退、上升、突降,演示了很多动作,吓得乔和巴德大气不敢喘一下。他们还曾低低地掠过一艘渔船。

"要是有渔线和鱼饵的话,我们就能把那船上所有的鱼钓上来!"巴德得意扬扬地说。

过了一会儿,乔问汤姆:"你打算什么时候下潜啊?"

"先穿上潜水服。"

"什么潜水服?"

"在应急箱里。巴德,你去拿出来好吗?"

巴德打开深海潜水服的袋子,乔一下子变得惊慌起来,样子十分滑稽。"我的天呀。"他抱怨道,"你打算让我穿它做饭?"

汤姆笑着说:"别急呀,乔,试潜得有预防措施。但在实际航行中,这些潜水服会老老实实地待在柜子里的。"

三人穿上笨重的装备,将各自的通话设备打开。汤姆减小油门,伸出控制轮,将直升机缓缓地落在海面上。

"准备!"汤姆通过无线电通知'蓝天女王',"入水!"

汤姆调整了叶片角度,加大油门,动叶装置开始"嗡嗡"地转动起来,越来越快。他又收起控制轮,整个潜艇像一块石头一样,在绿色的深渊里不断下沉。

乔痴迷地看着窗外惊慌而过的鱼群,有鲱鱼、有海鲈鱼,还有金枪鱼。

"天哪天哪,这些小东西能做一桌海鲜大餐啊!"乔自己咕哝着。

潜到水下一百七十米的时候,潜艇已经到达海底。汤姆放下履带轮底,让潜艇在泥泞的海底沙地上爬行。窗外,海葵挥舞着的触角紧紧地抓着海胆,五角剧毒海星也进入了视野,他们看到很多花一样的奇怪生物。

潜艇在近海水域漫游了将近三个小时,尝试了各种深度。后来乔提议先吃午餐休息一会儿,并央求着要脱掉潜水服。汤姆同意了,三人都脱掉了潜水服。

"你把厨房藏在哪里?"乔问道。

"舱尾那道门后就是。"汤姆指着后舱壁的一个密封舱口

说,"巴德,我俩先去B舱。我会用那儿的操控装置给你指令,到时你把这关了就行。"

"好的,船长!"

汤姆弯着腰在前面带路。由于动叶片装置的原因,过道十分狭窄。到达B舱后,汤姆打开一个舱门,映入眼帘的是一个狭小却精简的厨房。厨房里面有冰箱、厨具、电炉还有木制餐具。

乔被眼前的景象折服了。"汤姆,这真是绝了!"他满意地看着小厨房,"完胜流动餐车!"

没过多久,乔将做好的汤盛了出来。然后,又做了火腿花生酱三明治。

午饭过后,他们准备好浮出水面了。汤姆关闭了动叶片装置,潜水直升机很快就浮出了波光粼粼的海面。他又调整了动叶片角度,加速涡轮机运转,潜水直升机又一次飞了起来。'蓝天女王'机翼向下倾斜,表示祝贺。

两架飞机正在飞往费林岛的路上。巴德拍了拍汤姆的后背,"汤姆,这次试航非常成功!"他信心满满地说,"无论火箭落在哪儿,你都会找到的!"

"有了这个。"乔恭维道,"农场工人就可以平日里在草原上放牛,到周末再去海湾泡个澡了!"

面对两人的夸赞,汤姆表面上只是浅笑不语。但一想到此次试航如此顺利,顿时心花怒放,也为自己感到自豪。

"喂。"乔笑嘻嘻地说,"咱们给这飞机取名叫'海洋打蛋器'怎么样?"

听罢,男孩们哈哈大笑。汤姆告诉乔,妈妈已经想好名字了,"我妈妈说它上天下海都非常自如,就叫'海洋之箭'。"

"好名字!"巴德评价道。汤姆和乔也表示赞成。

汤姆还说桑迪按照妈妈的想法,给两个船舱取了昵称,A舱叫"青天舱",B舱叫"碧海舱"。

到达小岛飞机场后,汤姆让工作人员全面检查了潜水直升机的状况。然后和巴德一起乘着'蓝天女王'返回肖普顿。

男孩们走进办公室,斯威夫特先生热情地迎了上去,说:"你们回来了!看见你们真是太好了。汤姆,一切还顺利吗?"

"试航很顺利,但火箭还没找到。"汤姆告诉了爸爸神秘潜艇和那四人深夜划船接近'蓝天女王'的事情,表达了自己的疑虑。他还补充道:"爸爸,我们得尽快展开搜寻了。还有,最好再造一架潜水直升机,以防万一。"

斯威夫特先生点点头,赞同汤姆的说法:"我马上安排生产。"

"我还有个想法。"汤姆说,"直升机能坐六个人,我想叫上两个海洋学家朋友。"

"好啊,"斯威夫特先生说,"那还差一个人呀?"

"你不去吗?"汤姆惊讶地问道。

"恐怕不行,孩子。现在有一个政府项目已经接近尾声了,我实在是脱不开身。不过,我随后会去亚马孙的。"

"好吧,我会想你的。"

汤姆拿起电话,接通了乔治·布劳恩和哈姆·特勒,两人通过各自的分机与汤姆对话。

"伙计们,这边已经准备好了!"汤姆说,"你们什么时候

动身?"

乔治向汤姆保证说:"今晚,我们就坐晚些时候的航班去你那。"对此哈姆·特勒也慨然赞成。

第二天,汤姆和巴德开车去机场接他们。汤姆给他们做了介绍。巴德在握手的时候将二人打量了一番。

两人都二十五岁左右。乔治·布劳恩红头发,一双绿色的眼睛炯炯有神,脸上挂着随和的微笑。哈姆·特勒身高一米八,精瘦结实,轻微的谢顶和灰色的头发,让他看起来比实际年龄要大一些。

特勒偷偷地笑了,说:"看什么呢,巴德,是不是以为会见到两个老古董?"

巴德脸一下子就红了。"可不,我寻思至少也是秃顶啊。"巴德哈哈大笑。

"哦,哈姆确实是有点秃顶,这样就没人叫他长毛了!"乔治嘲弄道,"我跟你说啊,'海洋学'这个词听起来无聊,你可别上当啊,这可是世界上最有意思的学科。"

"如果你经常去海里潜水的话,那你一定知道海洋多有趣了。"哈姆·特勒补充道,"科学界也开始探寻神秘的海底世界了。"

两位海洋学家急切地想要讨论这次探索行动。几人坐在巴德的红色敞篷车里,汤姆告诉他们,火箭就在亚马孙盆地面向大西洋的一片海域里,还跟他们解释了斯威夫特实验站的搜寻计划。听到这样的消息,两人惊喜若狂。

"还有。"汤姆说,"我看过地图,先去大西洋海岭也不会偏离预定航线太远的。黄金之城太令人向往了。我们可以先去踩个点，回来再细细地考察。"

"听起来不错！"哈姆说。

"现在给我们讲讲，那个关于黄金之城的神话吧。"汤姆说。

"传说。"哈姆娓娓道来，"几千年前，海上有一片非常遥远的土地，土著的祖先就住在那的一座城里，但后来那接连发生了几次自然灾害。"

"比如说？"

"先是特大地震，然后海平面上升，城市周边的土地全部被淹没。后来，这座处于高地的城市也开始下沉了。当地人划着船离开了那里，这就是他们迁居大陆南部的过程。"

巴德听得入迷。"那你是怎么根据这个传说，确定黄金之城的位置呢？"

"遗址的墙壁上刻着奇怪的字符。"乔治·布劳恩解释道，"我和哈姆找专家翻译过来后，发现是一份详细的航海路线资料，上面还有方位图。当时我们就想，这可能就是土著文明的发源地了。"

"我会把具体位置标记在地图上的。"哈姆·特勒热心地说道。

到达斯威夫特企业集团后，哈姆从手提箱里拿出一卷海图，在汤姆的桌子上铺展开来。

"我们要是没猜错的话，黄金之城应该就在这。"哈姆手指着南大西洋某处群岛附近的一小块区域。

第十一章 海洋之箭

汤姆忍不住惊呼道:"什么!我和你说的水下山峰也在这里!"

哈姆克制住激动的情绪,点头说道:"是的!如果我们的想法是对的,那这里就是部分古代文明的所在地了。"

吃过午饭后,四人就乘着飞机去了群岛。一下午,他们都在为这次探索之旅做最后的准备。汤姆亲自检查了潜水直升机的探照灯、维持电气系统的太阳能电池,还有动叶片调控装置。

汤姆和巴德同工作人员一起往直升机上搬运所有会用到的设备,包括:潜水服、驱鲨袋、深海潜水用具,还有水下打捞用的特殊工具。乔也忙着往厨房里储备够几个星期用的罐头和新鲜食材。

晚上,巴德和汤姆一头扎在床上。"没落下什么吧?"巴德问道。

"就算有什么忘带了,我们也只会在去南大西洋的路上想起来。"汤姆笑道。

第二天一早,实验站的飞机就来了,男孩们前去相迎。从飞机上下来的,正是斯威夫特夫妇、桑迪和菲利斯,他们是来送行的。汤姆和朋友们很快就要出发了。

"汤姆,看我们带了什么来给你的潜水直升机祈福。"桑迪说着,拿出了一个银箔包裹的瓶子,把它放在了潜水直升机的一端。

"一路平安!"菲利斯语气里透着不舍。

汤姆亲了亲妈妈的脸颊,和她道别。"注意安全!"妈妈恳切地说。

斯威夫特先生和他们握了手。"祝你们好运。"他说,"希望你们这次能找到失踪的火箭和黄金之城!"

几人依次进入直升机。汤姆和巴德去了青天舱,哈姆、乔治和乔去了碧海舱。汤姆举起手,示意准备起飞。

几秒钟后,地上的人们还在挥手告别,海洋之箭已经飞上了蓝天,开启了一段全新的冒险之旅。

第十二章　黄金之城

海洋之箭以喷射速度迅速升空，在大西洋上空向东南方向航行。哈姆和乔治对飞机的速度和性能赞叹不已。

"这一定是史上飞得最快的船！"乔治·布劳恩在对讲机那头欢呼道。

"等这宝贝下水后，你再下定论吧！"巴德此时情绪高涨。

汤姆告诉大家，自己的计划是直接飞往目的地，打算在那里潜入海底。时间一点一点地过去了。当太阳又高高挂在天上的时候，乔已经给大家准备好了旅途中第一顿饭。乔给巴德送去的香肠卷遭到了质疑。

"喂，这是什么肉做的？"巴德不解地问道，"肯定不是正常牛肉做的香肠吧！"

"尝尝看。"乔挑衅道。

巴德皱起了眉头，尝了一小口。"嗯，还不错。"巴德松了一口气。

"很好吃。"汤姆给出了自己的评价，"是什么肉啊？"

"鲸鱼排、虾肉、蟹肉，这是我的自创菜式，我叫它'深海香肠卷'！"

"你应该摆个小吃摊,"巴德建议道,"卖海狗香肠、鲸鱼堡,没准能大捞一笔呢!"

"我会的!"乔眼见自己的"深海菜系"首战告捷,得意扬扬地笑着。乔回到厨房没过多久,又有了新的疑虑:"我最好问问他俩,吃完后有没有觉得哪里不舒服。"

他打开对讲机呼叫汤姆,对方没有回复。他又大声地呼叫一次,仍然无人应答。

哈姆看见乔一脸担忧的样子,问道:"出什么事了,乔?"

"我的天呀,我担心的事应验了!汤姆和巴德那边没有应答,可能是因为午餐!"

乔治·布劳恩先是一愣,惊慌地说:"午餐没问题。情况可能要严重得多!"

"现在是自动驾驶吗?"气氛凝重了起来。

乔关掉了对讲机。"我们现在就去看看!"

乔急忙打开密封门,慌慌张张地穿过通道,哈姆和乔治紧随其后。"嘿,这是什么情况!"厨师大叫道。汤姆和巴德正悠闲自得地在操控台前闲聊呢。

"怎么都来了?"汤姆环顾了一圈,问道:"来这抓鲸鱼吗,乔?"

厨师也搞不清楚状况,困惑地挠了挠头,"我们以为你俩出什么事了呢!我呼叫你俩,怎么不回呢?"

"什么!"汤姆意识到通信系统出故障了。他让巴德控制飞机,自己则从柜子里拿出工具箱迅速地将系统检查了一番。

"问题出在这,这根线圈短路了。"汤姆找到了故障所在,

第十二章 黄金之城

不一会儿就修好了。

夕阳垂垂,已近西山。他们终于看到目的地了,那是一座由各自独立的十四个小岛组成的岛屿。汤姆让飞机在空中盘旋着,仔细研究了地图后,选定了一处海湾。

"我们在这降落,今晚就在这里过夜。"他建议道,"这看起来应该没什么人。"

附近农场、种植园的居民还是看见他们降落在岛上了。有些人还特地下山前来询问,他们说着一种近乎混合的语言。他们和汤姆一行人叽里咕噜地说着什么,笑时露出了白晃晃的牙齿。

汤姆苦笑着看着他们,无奈道:"我不想太粗鲁,但真是希望他们不要围着我们的潜水直升机指指点点了。"

汤姆用西班牙语和他们比画着交流,然后给了他们硬币和礼物,终于说服他们离开了。

在夕阳的余晖下,五个漂洋过海来到这里的人伸展着四肢,惬意地在岛上漫步,享受着新鲜空气。令人意想不到的是,那些当地人又回来了,怀里满满的都是香蕉、甜瓜还有一些蔬菜,一股脑儿地全塞给了他们。

"非常感谢!"年轻的发明家微笑着说道,"愿主保佑他们!"当地人渐渐走远了,汤姆弓着身子抱着怀里的食物,笑嘻嘻地说:"这算是给我们接风洗尘了。"

太阳升起之时,海洋之箭又起航了。这次汤姆和巴德在B舱,其他人在青天舱。飞机在空中盘旋着,最终落在海面上,准备潜水。

"如果你们的计算是正确的,那么黄金之城应该就在我们下方。"汤姆通过对讲机和两位海洋学家说道。

他缓缓地向前推动控制轮,直升机随即垂直下沉。

巴德看了一眼深度表,说:"报告长官,我们现在正以最快的速度下潜。"

汤姆点点头。"看窗外颜色是怎么变换的吧。"

外面起初是绿、蓝和紫罗兰的混合色,随着深度不断增加,窗外的鱼也和银灰色的水混为一体了。窗外在他们的眼前一点一点地暗下来。潜到四百五十米的时候,四周已经变成一望无际的黑色了——位置太深,阳光无法照射进来。

汤姆按下控制面板上的按钮,打开了水下远光探照灯。耀眼的黄色光晕下,一个奇妙的海底世界映入眼帘。

"哇哦,太迷人了!"哈姆·特勒满足地望着窗外。他和乔治手中都有纸笔,但两人都看得入迷,谁也没有记录。

窗外游过的鱼样子狰狞丑陋,全都张着大嘴,露出尖牙。有的鱼身上漫布着长长的触角,在水里摇摆。大多数鱼是黑的或浅灰色的,个别有红色的,只看到一条铁青色的鱼。

乔屏息说道:"这些小东西光看看都觉得胃疼,更别说炸着吃的话。"

"这里的鱼很多都是史前物种,年代相当久远,久到人们以为它们早已灭绝了。"哈姆娓娓道来,"曾经有渔船在非洲河口捕捞到一只总鳍鱼,而这种鱼应该早在二十亿年前就灭绝了。"

"难不成它这么多年来一直躲在深海里?"巴德戏谑道。

哈姆大笑着说:"要是没发现这条活着的总鳍鱼,科学家掌

握的资料也不过只是他祖先的化石而已。"

"先把探照灯关了吧。"乔治说道。

乔治和汤姆"啪"的一声关上了灯。窗外一片漆黑,只有闪烁的磷光点来回飘忽着。

男孩们继续用对讲机聊着天。"哇,这回我可是大开眼界了。"乔惊奇地说,"原来海里也有萤火虫啊。"

"乔,那是鱼。深海里的鱼头上都长着灯一样的东西。"

他们打开探照灯继续下潜。终于在探照灯的照射下,在下降到水下一千六百米的地方,他们看到了大西洋海岭的峰峦峭壁。

"哇,海里的阿尔卑斯!"看着眼前壮丽宏伟的景象,巴德不禁感叹道。

他们越潜越深。很快,在潜到海底三千米时,他们被一处形如屏障的山峰挡住了去路。汤姆开启了定向喷射系统。

"我们绕过去。"汤姆说道。

几人向南继续航行,来到一座山前,山体上有一道深深的峡谷一样的裂缝。

"要不要进去看看?"汤姆向两个海洋学家询问意见。哈姆和乔治虽然心里有些忐忑不安,但还是同意了。

"海洋之箭"像一条巨大的鱼一样钻进了裂缝里,在突起的岩石间穿梭着。行进不久,前方便豁然开朗。

巴德一把抓住汤姆的胳膊。"汤姆,快看!"

在探照灯的照射下,一座柱式寺庙出现在眼前!大家只顾盯着窗外看,忘了说话。

汤姆不停地调整着探照灯的方向,让灯光扫过整片区域,黄色灯光下显现了更多的建筑。这些建筑被藤壶等海底植物厚厚的掩盖着,但不可否认的是,它们是由人类建造的!

"找到了,汤姆!"哈姆·特勒激动地说,"这就是黄金之城!"

"看起来是一座城,没错。"汤姆说,"我们去看看到底是不是金子做的。"

汤姆驾着潜艇靠近了寺庙。他打开前喷口,直直地驶向其中一个柱子喷射,同时也打开后喷口将作用力抵消,固定住潜艇的位置。潜艇像喷嘴一样,将附着在柱子上面的淤泥冲刷掉。此时柱子在灯光的照耀下,闪着光芒,金中带绿。

乔大叫道:"我的天呀,这绝对是真材实料的金柱子,我可是挖过矿的!"

"天啊,汤姆!"巴德嘀咕着,"这里的金子都能填满一个造币厂了!"

汤姆、哈姆和乔治惊呆了,几分钟之后才开口讲话。年轻的发明家对两位海洋学家说道:"你们将成为名垂青史的探险家,把金子打捞上去,你们就是世界上最富有的人了。"

"打捞还得靠斯威夫特家的发明呀。"哈姆立即回道。

接下来的一个小时,"海洋之箭"在建筑群里窜来窜去。哈姆和乔治则奋笔疾书,洋洋洒洒做了一通记录。水手们讨论过后,决定沿海岭向南继续航行,去汤姆说的地方再看一看。几人驾着潜艇小心翼翼地挪出了裂缝,驶往汤姆在海图上标记出的地点。

年轻的发明家估测了当前的行驶速度,告诉大家说:"大概有十分钟的路程。"

十分钟后,他们隐约看到一座巨大的锥形石柱伫立在一旁,紧接着石柱一个接一个地进入视野。所有石柱形状规整,看起来与埃及金字塔有些相像。几人将潜艇停在了一座高耸的海底山峰后面。

"汤姆,你的猜想是对的!"乔治·布劳恩激动地说道,"这些石柱是人造的,他们一定是从这座山上采集的坚石。"

"这些石柱好像是围了个圈。"哈姆·特勒若有所思地说,"是把什么围在了中间呢?"

汤姆驾着潜艇在两座石柱之间前行,终于来到开阔之处。那些锥形石柱围着的正是眼前这块巨大的石板,上面覆盖着淤泥。

"毫无疑问,这是个祭台。"哈姆说,"以前的人们用那块石板做祭坛,来祭祀天神。"

"我们去看看那边的石柱吧。"乔治说,"上面好像刻着什么。"

汤姆启动了喷射装置,小心地靠近那石柱。动叶片匀速转动着,确保潜艇能始终平稳地处于同一高度。

"有雕刻!"巴德激动得把脸贴在窗子上,盯着窗外的锥形石柱,大声说道,"如果把上面的东西清理掉,我们就可以……"

巴德还没说完,只听"砰"的一声潜艇开始剧烈地摇晃,那可怕的巨响久久地在船舱里回荡。一块巨石头砸中了船身!

汤姆向上探照着,突然大喊道:"石柱崩塌了!"

话音刚落,岩石块便如雨下,砸向"海洋之箭"。

第十三章　被　困

在冲击力的作用下,潜艇晃得厉害,男孩们被甩在了地上,岩石块正噼里啪啦地击打着潜艇的石英窗。

"怎、怎么会这样?"巴德上气不接下气地问道。

"应该是潜艇动叶片转动产生的压力波使岩层松动,导致了山崩!"

汤姆一边解释着,一边抓住操纵杆,加大喷射力度,想逃离此处。潜艇用力地向前冲了一下,然后就没有任何动静了!转速盘指针指向了零!

汤姆脸吓得惨白。"巴德,没电了!水泵停止运行了,动叶片也不转了!"

"那先浮上水面呀?"

"有那些石块压着,潜艇正在下降,你没感觉到我们在下沉吗?"

巴德吓得说不出话。"海洋之箭"又下沉了一段距离,突然一阵剧烈的晃动将男孩们摔得东倒西歪。

"这又是什么情况?"巴德一站起来就跑到窗前去查看。

"我们卡在岩架里了!"汤姆向下探照一番后说道。

第十三章 被困

那盏大功率的灯还奇迹般地亮着,黄色的光将滚落四处的岩块、砾石照得清清楚楚。

巴德看着那些石块,心有余悸。"奇迹啊,我们竟然没有被砸成肉饼。"

"这要是在陆地上的话,咱们早就没命了。"汤姆说,"石块在深水区的下落速度要慢一些。因为深水区密度大,所以石块下沉阻力也大。由于浮力作用,石块的压力会相对减轻。"

他们的处境仍然十分危急,岩石砸下来的力度很大,使几处焊接缝发生渗漏。水开始从六个地方涌进舱内。

"我去拿潜水服!"巴德说。

"快点。"汤姆催促道,"不知道其他人怎么样了。"他焦虑地说。

他打开对讲机呼叫三个朋友,表情越发地凝重起来。

"线路断了。"他无奈地说。

正在这时,舱内的灯全部灭了,船舱陷入一片黑暗。

"这下完了,"巴德绝望地说,"我们要完蛋了!"

黑暗中,男孩们在齐腰的水里摸索着,想要拿出放在柜子里的潜水服。时间一分一秒地过去了,氧气正以惊人的速度泄露到外面,呼吸变得越来越困难。

"找到了!"汤姆大喊道,将潜水服拽了出来。他们费了九牛二虎之力也没能将笨重的潜水服穿戴上。

"不能再浪费时间了!"汤姆气喘吁吁地说,"快去青天舱,还来得及!"汤姆在心里默默祈祷着,希望A舱和朋友们安然无恙。

汤姆在后舱壁上找到了密封舱门。两人拔掉门闩，不知哪来的神力克服了水的阻力将门打开了，累得上气不接下气。

幸运的是，通道还是干的。汤姆弯腰穿过舱门，巴德紧随其后。听到身后水也跟着涌了出来，他们迅速地关上了门。

汤姆在前面带路去青天舱口，嘴里还念叨着："向外涌着的水可以保持舱门关闭状态。"到达舱口后，汤姆用尽全身力气使劲地敲在笨重的舱门上。起初没有回应，汤姆的心沉了下去。里面的三个人已经溺水而亡了吗？

汤姆和巴德一起撞击着舱门。突然他们感到门活动了，接着舱门向里打开了。舱内一片漆黑，但是这里有空气！

乔慢慢靠近舱门，站在舱口，大叫道："汤姆！巴德！"他紧紧地抱着两个男孩说："担心死我们了，你俩还好吧？"

"我俩没事，只是我们那被水淹了，对讲机也联系不上你们。"

"谢天谢地，你们没事！"哈姆和乔治异口同声地说。

几人简单地讨论了当前的困境，哈姆说："有灯光的话，我们或许能解决问题。"

"我可以修好发电机。"汤姆说，"这没有手电筒吗？巴德，看看驾驶员座位下有没有。"

很幸运，巴德摸到一个手电筒，拿着它给正忙着修理发电机的汤姆照明。

"现在没有电，你要怎么修啊？"乔治问道。

汤姆解释说，青天舱和碧海舱各装有一个应急的电动螺旋桨，由汤姆发明的太阳能电池驱动。因此，在涡轮机和动叶装置

第十三章 被困

同时出现故障时，通过太阳能电池，驱动应急电动螺旋桨，从而修复发电机。几分钟后，发电机修好了，"嗡嗡"地运转起来，舱内的灯闪了闪便稳定下来了。

"干得漂亮，汤姆！"乔治称赞道。

"祈祷吧，我们现在的处境仍然不容乐观！"年轻的发明家提醒道。

"情况有多糟糕？"

"现在还不能确定，我先查看一下再告诉你吧。"

汤姆向窗外扫视了一圈，发现青天舱除了前窗的一部分，已经被沉淀物完全覆盖住了。汤姆打开手电筒，拿起扳手，回到了两舱之间的通道里。他取下舱壁检查孔上的盖板，透过厚厚的玻璃窗张望着。看见动叶片的状况，汤姆失望地吹了个口哨。

"特别糟糕吗？"巴德也跟着挤进了通道里。

"比我想象的还要糟，巴德。没希望了，动叶片已经弯曲，整个装置都错位了。在这里是绝对不可能修好的。"

两人回到青天舱，一路上沉默无语。乔、哈姆和乔治正紧张地等着消息。汤姆经过深思熟虑，向大家宣布自己的决定。

"伙计们，是这样的。碧海舱被淹没已经无法修复了，动叶装置也坏了，也就是说现在这个舱室是我们唯一的希望。这个舱室是可以自动分离出去的，但眼下舱体已经被岩块和砾石牢牢覆盖住了，恐怕自动分离不大可能。我认为逃生的办法只有一个。"

"什么办法？"乔治问道。

"我们可以将履带底轮放下，试着把上面的东西甩掉。如果成功了，碧海舱就会由于灌满水加重了质量而继续下沉。这个时候，我就有机会让这个青天舱脱离潜艇。但是会有危险。"汤姆没有继续说下去。

"什么危险？"巴德问道。

"如果自动分离装置也失灵了，我们将跌落更深的海底，永远困在这里。"

乔倒吸了一口气，其他人也吓得面色惨白。

最终，乔打破了沉默："如果就这样待着，我们一定会被困在这儿的，对吧？"

朋友们都看着汤姆，等他答复。汤姆点点头，敏锐的蓝眼睛迎向朋友们的目光，没有丝毫隐瞒。

"那咱们就按这个方法试一试。"老厨师语气坚定，"我同意！"

其他人也都点头，表示同意。

"谢谢你们。"汤姆说道。

他走到控制面板前，拉下控制杆将牵引轮放下，然后按下按钮，牵引轮开始反向运动。

"开始了！"他低声说。

第十四章 逃出厄境

"海洋之箭"被巨石、岩块、泥沙压着,艰难地在岩架上移动着,汤姆在心里寻思着:"能成功吗?"起初,潜艇没有挪动半步。过了一会儿,履带底轮终于在淤泥中开始拖碾着潜艇向岩架边前进。

"动了!"巴德兴奋地说。

"是一点一点在动。"汤姆观察得仔细。

大家在焦急地等待自动脱离的时刻,谁也没有说话。"海洋之箭"能成功脱离吗?终于,舱内一阵颠簸。

"到边上了!"乔治兴奋地说。

"船身只有三分之一悬在外面,"巴德说,"得再多一些才行。"

汤姆转动探照灯四处看了看,试着确定他们在岩架上的位置。"就快了,"他默念道,"再走几十厘米就好!"

潜艇犹如困兽,一点点地向岩架边缘爬去。潜艇又倾斜了一点,整个动叶装置随即掉了下去。潜艇在这深海悬崖边缘摇摇欲坠,接着猛地一跃,坠落下去。

"海洋之箭"向幽暗的深渊里坠去。颠倒的船舱让几个人失去了平衡，撞到舱壁上，摔得晕头转向。

乔是第一个醒过来的。"汤姆，发生什么事了？"他迷迷糊糊地问道。

"潜艇正在下沉！"汤姆强忍着说。

他跌跌撞撞地爬起来，抓住船舱分离杆使劲一拉——没有任何反应！

巴德一脸惊恐的表情，看着汤姆，颤抖着问道："失灵了？"

汤姆摇摇头，铁青着脸。"还不能确定。分离装置没损坏的话，就是出故障了。"

"还能脱离潜艇吗？"

"不知道。"汤姆坦白地说。

看着窗外那无尽的黑暗，水手们渐渐地不抱有任何希望了。

年轻的发明家陷入绝望之中。这架潜水直升机将会是他们的坟墓吗？他们注定要同那些沉船一起永远沉睡在这深海之中么？汤姆努力地压制着自己的情绪。

"船舱漏水了！"哈姆惊慌地喊道。

一股水流正慢慢涌入舱内，聚积在角落里。

"你们中的一些人还有生还的机会！"汤姆大声说道。

他从一个本子上撕下一张白纸，将纸撕成四条，三长一短，再揉成四团，扣在双手掌心之间摇了摇。

"你们一人选一个。"他命令道。"这个舱室里有三套深海专用潜水服，谁选到长纸条谁穿。"

乔治、哈姆和乔抽到了长纸条。

"潜水服在那个柜子里。"汤姆提醒道。

乔不服从这样的安排。"头儿,听着,这套给你穿,你一定要……"

"别说了!"汤姆当即打断了他的话,"我是船长,照我说的做。你们三个赢了,马上把潜水服穿上!巴德,咱俩试试看能不能把裂缝补上。"

汤姆去检查裂缝的时候,船舱里突然传出"嘎吱"声,像是什么东西要爆裂了一样。水手们怔怔地僵在了那里。

"青天舱正在脱离!"巴德兴奋地说。

接着传来一阵刺耳的爆裂声!船舱开始歪歪斜斜地向上升起,他们连忙抓住座椅或柜子不让自己跌倒。青天舱突然向上加速的一瞬间,他们感受到了由此带来的增重感。

"我们在上升!"乔治大口地喘着气说,"我们有救了!"

水还在往里冒,汤姆和巴德继续忙着堵那道裂缝。压力越来越小,他们的填补工作也越来越容易。

其他人望向窗外。随着时间流逝,那墨一般的黑暗却不减分毫。窗外的颜色正一点一点地,以他们几乎觉察不到的速度变换着,由黑到灰,接着又灰中带绿,然后再到浓郁的蓝绿色。

青天舱如弹簧一般,一下子冒出了水面。耀眼的阳光透过石英窗照了进来。

"我们安全了!"巴德欢呼道。

"我们到上面去透透气吧!"乔治催促道。

巴德走在前面,一行人爬上短梯,掀开舱口盖,爬了上来。阳光下的浪花晶莹闪亮,水面上吹来一阵清新的海风。他们贪婪地呼吸着咸咸的海风。

"啊，这感觉太美妙了！"乔不禁感慨道，"我头一次觉得海上的空气比农场里的清新多了！"他拿出一块红色印花手帕，擦了擦额头。

他们目光所及之处，海面无限延伸着。远处是海天一线的景象。看不到陆地，也没有其他船只的踪影。

"我们现在在什么位置？"哈姆·特勒问道。

"恐怕已经偏离了航线很远了。"汤姆如实地说。突然，他又问了一句："嗯？谁把探照灯给关了？"

所有人都摇头。乔治问道："怎么了？"

"灯灭了。"汤姆的声音焦虑不安。

他立刻转身回到了舱内，其他人也跟了上来。他们第一次体会到一种诡异的寂静。

"喂，发电机又坏了！"巴德传来了坏消息。

汤姆娴熟地打开底板，查看船尾处的螺旋桨推进系统，结果发现这个隔间被水淹了！

几人合力将大部分水舀了出去。汤姆检修了好一阵，他忽然抬起头，表情凝重。

"太阳能电池坏了。"他仿佛在宣判，"也就是说我们现在没有电来驱动舱室，也不可能通过无线发出求救信号。"

第十五章　海上危情

听了汤姆的话，几人无奈地看着彼此。漂泊在汪洋大海，连求救信号也无法发出，他们绝望了。

巴德首先摆脱了消极情绪，"咱们就是几个遭遇海难的水手。说不定，我们会像鲁滨孙那样，你们说咱们会漂到哪座岛上呢？"

"至少，"乔治说道，"比死在海底好。"他拍了拍汤姆的后背。

"我们得面对现实。"哈姆说，"现在处境非常危险。汤姆，我们上岸的概率有多大？"

年轻的发明家耸了耸肩。"那要看往哪个方向漂了，我们再上去看看。"

几人又顺着梯子爬了出来。汤姆从兜里拿出一张纸揉成团，扔进了水里。几分钟后，纸团在众人的注视下慢慢地漂走了。

"应该是西北方向的水流。"汤姆补充说，"情况恐怕对我们不利。朝这个方向的话，不知道要多久才能上岸，只能祈祷遇见过往的船只或飞机了。"

气氛变得压抑，每个人都沉默不语。"不知道咱们还有没有吃的了？我现在想吃点东西。"乔治故意问道，转移了大家的注意力。

乔难过地摇摇头。"抱歉伙计，真是太倒霉了，我的厨房连带着咱们所有的食物都在碧海舱里，已经葬身海底了。"

巴德冲汤姆使了个眼色，叹息道："乔，这对你来说没什么，因为你该减减肥了。可是你怎么可以不为我们几个考虑呢？"

乔挠挠头。"我再想想办法。"

他不再吭声，汤姆说道："我们最好保证留两个人在上面守着。如果我们都下去的话，可能会错过过往的飞机或船只。"

他和巴德主动要求站第一班岗。炙热阳光毫不留情地从蔚蓝的天空直射下来，两人很快就汗流成河了。

"天啊，太热了！"巴德抱怨着，动来动去想找个舒服的姿势。潜艇外壳已经被晒得滚烫。

"等我一下！"说着，汤姆从舱口爬了下去。再回来的时候，他手上多了一块防水盖布。他把布展开，两人坐了下来。

"啊，好多了！"巴德感激道。

茫茫的大海里似乎有很多鱼。飞鱼不时地跳出水面，划出一道弧线；有时一大群海豚会在青天舱附近一跃而起，再落下，海水四溅。

"我想把脚伸到水里去，那些可怜的鱼会不会以为是鱼饵呢？"巴德轻笑道。汤姆呆呆地盯着远处的海平线，闷闷不乐。巴德见状便搂过好友的肩膀，问道："怎么了？"

"我在想曼森·威克利夫和他那两个助手。"汤姆答道，

第十五章 海上危情

"事情怎么变成这个样子。就因为我们中途去看了眼黄金之城,现在就只能这样漂着,什么都做不了。他们现在没准已经把火箭打捞起来了!"

"别担心,"巴德语气坚定地说,"很快就会有人来救我们。到时,一定会比他们先找到火箭!"事实上巴德也暗自担心着,不知道汤姆的猜测是否已经应验了。

哈姆和乔治上来替换他俩,两人便回到舱内。乔正在工具箱里翻找着。

"找什么呢?"汤姆问道。

"一会儿你就知道了。"这位老伙计说道。他停顿了一下,举起手中的细长的螺丝刀,上面还有长长的手柄。嗯。我看这"个行。汤姆,你能不能把这个玩意儿的头磨尖,再弯成个钩子?"

"没有电,车床运行不了,"汤姆答道,"但我可以用锉刀试试。"

有机会转移注意力,让自己不再纠结于眼前的遭遇,汤姆很乐意接受这个任务。他马上便开始卖力地做着手中的活计。很快,平头螺丝刀被打造成乔说的形状。

"我的天呀,正是我想要的形状!"乔一脸的笑容地说,"你能不能在手柄上凿个孔啊?"

汤姆按照他的要求在手柄上凿了个孔。乔拿出一卷结实的绳子,将其穿过小孔,打了个结将绳子和螺丝刀固定在一起,接着便去了外面。汤姆和巴德也跟了上去,想知道他到底要干什么。

乔先把绳子的一端系在青天舱顶边缘的系船环上,再以投掷长矛的姿势举起手里的螺丝刀，低着头盯着水面看。一条鱼游进狩猎范围之内，乔迅速发起攻击，可惜第一次尝试失败了。他反复尝试，终于在半小时后捕获一条金黄色的鱼，个头不小。

"是海鲷。"哈姆·特勒辨认出了鱼的品种，其他人也都凑上去围观乔的战利品。"这鱼味道不错，我是说熟的。我从来不吃生的东西，你们享用吧，多谢了。"

"就知道你事多。"厨师得意地说，"但在食物方面，巴德·巴克利是难不倒我的。"

乔又投入到捕鱼的事业中，很快又抓到两条猪头鱼。

"好吧，你射鱼技艺高超。"巴德不明所以，"然后呢？"

"你就等着瞧吧，小子，一会儿就知道了！"

乔用折刀将三条鱼仔细清理干净，一劈两半，再铺到炙热的船体表面。鱼肉片很快变干，空气中散发着鱼肉的香味。

"哇，太香了，我都等不及了！"巴德佩服得五体投地。

乔把漂在水面上的海草舀了上来，"这里面满满的都是对人体有益的矿物质和维生素。"一边说着，一边将这些绿绿的海草放入鱼肉烤出来的油脂里。肉熟了，他得意地喊道："快来吃吧！香煎鱼肉还有海草沙拉！直接用手拿吧，饿鬼是不会因为这个搅了胃口的。"

尽管海草沙拉吃起来有股臭味，鱼还是半生不熟的，大家仍然吃得津津有味。一番风卷残云后，食物被一扫而净，大家感觉好多了。

"乔，这招也就你能想得出来了！"汤姆赞叹不已。

头发花白的厨师脸红了，不好意思地低声说道："哪有，又

不是什么大事!"

当天下午,乔治和哈姆在上面盯着。巴德用力地摇晃正在船舱里小睡的汤姆。"快醒醒,汤姆!他们看到一架飞机正往北边来!"

汤姆从床铺上一跃而起,和好友一起跑去了外面。哈姆和乔治一把扯下身上的衬衫,拿在手里拼命地挥舞着。远处蓝天上一个银色斑点清晰可见。

"看见我们了!"巴德激动地说。

"我们有救了!"乔乐得笑出了声。

飞机越来越近,发动机的轰鸣声也渐渐清晰了起来。至此,五人确信一定会得救,挥得更起劲了。

几人的心很快又沉了下去。飞机飞过,没有任何下降的趋势,完全没有理睬他们。飞机转了个弯,便急速向南飞去,消失在视野里。

"他们没看见我们。"乔叹了口气。

"他们看见了,你知道吗。"汤姆恨恨地说,"飞机上的数字前有'PT'字样,也就是说是那两个人的飞机。"

"你是说费德·阿克顿和凯尔特·普莱斯吗?"巴德问。

汤姆点点头,"应该就是他俩了。你看到机尾伸出来的小东西了吗?我看那个应该是用来探测金属的磁力计。"

"这群狡猾无情的家伙!"巴德愤愤地说,"他们看见咱们落难了一定很开心吧!"

乔治一直阴着脸,沉默不言,而哈姆则理智地分析当前情

势。"听着,"他高兴地说,"既然他们还在搜寻,那他们肯定还没找到火箭!"

"是啊。"巴德说。

这个消息并没有给汤姆太多慰藉。他为了不让自己想太多,便趁着天还没黑组装手动发电机,希望无线电设备可以运转起来。可惜只有通过传动系统才能获得足够的电流,手动发电是无法达到那个速度的。

大海被黑暗吞噬了,几个人的心情已沉到谷底。五个人都坐在船壳上冥想着,耳边传来了海浪击打船体的声音。

头顶群星闪耀,汤姆沉浸在可能再也见不到家人的绝望之中。乔突然拍了一下他的肩,吓了他一跳。

"太倒霉了!你看这水这么急,咱们快漂到急流区了。"乔大喊道。

第十六章　小岛地震

距这群无助的水手不远处,是一片广阔的海域。那里的波涛更加汹涌,奔流向北,发出耀眼的粼光,衬得别处的海浪黯然失色。

汤姆大喜,喊道:"乔,这可不是倒霉,咱们走运了!这是件大好事!"

"啊?"厨师一头雾水地盯着他问道:"怎么讲?"

"跟着这湍急的水流,咱们就能找到岛屿!这就是海上的路标,咱们跟着走就行!"

"汤姆说得对。"乔治赞成他的观点,"这种情况在太平洋很常见。南太平洋的土著居民能划着独木舟从一座岛到另一座岛上,靠的就是这种办法。"

"什么原理呀?"巴德问道。

"呃,可以说是大洋涌浪撞击到岛屿,"乔治解释道,"激起一股湍急的水流,沿着涌浪前沿向一边流去,就是我们现在看到的这股水流。这股水流会发光,是因为在涌浪冲击岛屿时,水里微小的磷光性生物被激起,浮到了水面。"

"我懂了。"巴德笑着说,"在大海中跟着这股发光的水

流,就好比走在大街上有路灯指引方向!我说,这可省了不少麻烦。"

"幸运的话,"汤姆美滋滋地说,"我们可能会得到帮助,甚至可能让无线电运转起来,发出求救信息!"

乔对此表示怀疑。"先到那再说吧。我想知道咱们怎么才能过去?"

"得想个法子把船划过去。"汤姆进到船舱里,"快!"他号召大家说,"咱们去找能当船桨的东西。"

幸好当晚月光充足,透过窗子将船舱照亮。五个水手四处翻找着,将储物柜里的器材试了个遍,结果发现没有一个用得上。

"真倒霉。"哈姆悻悻地抱怨道。

汤姆啪的一声打了个响指。"有了!咱们把储物柜的门拆下来怎么样?"

"天才,你可真行啊,我就知道你一定会有办法的!"巴德激动地说道,"大家动手卸门吧!"

舱内共有六个储物柜,他们很快就卸下了五扇柜门。柜门结实坚硬,幸好体积质量都不大,一个人也能轻而易举地拿起。几人把柜门搬到船顶,仰坐着将五个临时的船桨伸入水中。

"预备,走!"汤姆发号施令,所有人开始拼命地划着。大家都很疲惫,但一想到跟着这发光的水流就能找到岛屿,大家倍受鼓舞,干劲十足。

一个小时过去了。乔说道:"我怎么觉得,我们在认真做错事呢。"

"坚持住,"汤姆激励着大家,"从船尾的水迹可以看出我们正在前进。"

乔治·布劳恩停下来喘口气。"你说我们会到达一个什么样的岛呢?"

"不知道。"汤姆说,"很难猜,海图上显示这片区域是没有陆地的。"

一行人整晚都在挥舞着手中临时的船桨,在大海中艰难地前行,偶尔停下来缓解酸疼的肌肉。黎明时分,一缕暗淡的光线划破灰蒙蒙的天空。巴德发现前方大约几百米,一片荒芜的石土堆伫立在茫茫大海中,上方氤氲着蒙蒙的雾气。

"哦,不会吧!"他抱怨道,"划了一夜累得腰快断了,别告诉我就是这座岛!"

哈姆和乔治相视无语。

乔掩盖着失望的情绪,鼓足了勇气说:"总比什么都没有要好得多,至少这也是块陆地嘛。"

"就好那么一点点吧。"巴德沮丧地说。

怀着沮丧的心情,他们驶近小岛。汤姆放下青天舱踏板,搭放到地面上,几人从船上跳到了黑色的石土堆上。

他们在岛上四处走动,伸展着筋骨。"难怪海图上没有呢,"巴德嫌弃地说,"这么小,连海鸥都不会在这里歇脚吧。"

"说到海鸥,"汤姆疑惑地问到两个海洋学家,"这里真奇怪,连个海鸟都没有,为什么呀?"

"我觉得这应该是个暂时性岛屿。"哈姆·特勒说。

乔治·布劳恩点点头,"应该是大西洋海岭的一部分,由于

第十六章 小岛地震

地震才升出水面的。"

"暂时?什么意思?"巴德不解地问。

"字面意思,"哈姆回答说,"你可能不知道,岛屿有的时候会自动消失。"

"哦!我听说那座岛曾经消失过两三次呢。"

"是的,还有很多岛也是这样的。"乔治补充道,"还有一座岛反复消失、出现,地形变了,甚至连位置都移动了。"

"当心了,伙计们!"乔也加入了讨论,"万一这堆石头也玩那种把戏怎么办?咱们最好赶紧回到青天舱里。"

乔治笑了,轻拍着乔的后背安慰道:"别担心,这座岛应该会坚持一会儿的。"

天气很凉爽,急需休息的几人躺了下来,很快就睡着了。乔第一个醒过来,站在石头上,一看到鱼就将螺丝刀做的鱼叉猛刺过去。一次又一次,不厌其烦,很快就捕到六条鱼。

汤姆醒来的时候,看见乔正从"鱼钩"上取下一条鲷鱼,"今儿有什么吃的?"汤姆问道,"又是铁板什锦鱼肉?"

乔笑了:"这回试试蒸的。"

"好吧,但是怎么弄蒸气呀?"

乔从口袋里拿出一块圆圆的玻璃:"看到了吗,这就是个放大镜,我从船舱里的一个刻度盘上拿下来的。接下来你就等着瞧吧!"

乔把鱼处理干净,又从水里捞出一团海草,放进一块凹形岩盆里，岩盆里有一小滩海水。他把鱼搁置在海草上，然后举起放大镜收集阳光。

"用凸透镜做蒸气锅！"汤姆笑着说，"乔你要是能做成，我就服你！"

很不幸，厨师发现这样聚集的阳光太少，只能在鱼肉上灼烧出几个小点。汤姆建议乔把鱼包进海草里，直接给海草加热。半小时后，鱼肉还不是很熟，但味道还不错。

几人围成一圈蹲坐在地上，狼吞虎咽地吃着，唯有汤姆望向深邃的天空。巴德轻轻地戳了下他的肋骨。

"好啦，兄弟，你一思考就是这副表情。说说看，你那二十四克拉的大脑里现在在算计什么呢？"

汤姆冲他笑了笑，说道："乔给了我灵感。"

"什么灵感？"

"关于开启无线电的灵感。"

闻言，大家一下子抬了头，目光诧异。"你是认真的吗？"哈姆问道。

"试试看吧，或许不会成功。"

吃过饭后，汤姆进入青天舱，掀起底板，将太阳能电池卸下带到舱顶。他打开铸模塑料盒，里面一卷卷的溶胶金属箔片是汤姆特地为太阳能电池研制的，用来集聚太阳光能量的。

巴德看见汤姆把稀氨水倒了出来，问道："你不是打算给它充电吧？"

"正有此意。"汤姆答道。

"可这怎么可能啊？这不是你的空间站，我们现在处于平流

层之下,你怎么可能收集到足够的太阳光?"

"等着瞧吧。"说完,汤姆便从舱口钻了进去。几分钟后他出来了,手里拿着一个精抛光的碗状铝制品,直径三十厘米。

"这是什么?"乔问道。

"这是相机上的抛物面反射器,我准备用它来收集阳光。这样的角度会把阳光聚集在内弧面附近的一个点上。"

汤姆给电池重新注入氨水,将其悬挂在一端插进土里的木棍上,再调整电池方向,接收被反射的阳光。

"一个小时之后再来看。"一个小时过去了,汤姆信心满满地说,"看看成功了没有。"

汤姆又爬上了青天舱,用钩子把无线电设备吊起来,这样可以直接由太阳能电池驱动其运转。他打开开关,将装置调整到斯威夫特企业集团波段。几秒钟后一声微弱的"噼啪"响起,是静电干扰的声音。

"成功了,兄弟!"巴德欢呼道。

"信号够强吗?他们能收到吗?"哈姆问道。

汤姆耸了耸肩,对着麦克说:"'海洋之箭'呼叫实验站,'海洋之箭'呼叫实验站,请求支援!请求支援!船体损坏,搁浅在佛得角西北部一个未知的多岩石岛屿,大体方位是……"

汤姆飞快地说出他们被困地点的经纬度,重复了几次。几秒钟后,一阵微弱的声音传了出来:"实验站收到,我们已经……"一阵天电干扰的嘈杂音盖过了对方的声音,无法听清剩下的信息,信号渐渐消失了。

"啊,别啊,这就没了!"巴德抱怨道。

他们几次尝试回复链接,结果一次也没成功。他们焦急地杵在一旁,不知所措。"看来今天就只能这样了,"汤姆叹了口气说道,"电池没电了,等明天中午太阳最高的时候我再充电。"

夜幕降临,几人躺在岩石上,脑袋下枕着毯子,在夜里清风的吹拂下很快睡去。第二天,天刚破晓,汤姆就被乔粗鲁地吵醒。

"怎么了?"年轻的发明家问乔。

"水面在上升!"厨师大喊道。"小岛要被淹没了!"

汤姆一下子就跳了起来,机警地左右巡视一番,被眼前的一幕惊呆了——海水正从岩石海岸向岛上涌来。一夜之间小岛一半的面积被淹没了。两人眼前,海水正呼啸着袭来,一浪接着一浪,越来越高。汤姆连忙叫醒其他人。"快起来!"汤姆几近命令的口吻说道,"马上进入青天舱!"

几人爬上舱顶,巴德突然喊道:"等等!有飞机!"

第十七章　潜艇危机

天空中传来直升机的声音，五个受困者竖起耳朵紧张地辨认着。获救还是空欢喜一场？

"声音太小，几乎听不见，"乔治焦躁地说，"不知道能不能看见我们？"

"那咱们就让他们看见！"汤姆宣布道，"大家把衣服脱了，让他们看见我们！"

大家按照汤姆的指示挥舞着衣服。一个带有银色翅膀的大家伙慢慢闯进视野。

巴德欢呼道："是'蓝天女王'！"

汤姆如释重负，泪水顿时打湿了眼眶。几个人不停地拼命挥舞着手中的衣服。飞行实验室机翼向下倾斜，慢慢下降，在小岛上方盘旋着。

几分钟后，这个庞然大物关闭了喷气动力装置，降落在小岛最高点，摇摇欲坠，周围全是石头。下舱的舱门打开了，一架梯子从舱内伸了出来，示意五人上去。来者有斯威夫特先生、汉克·斯特林、斯利姆·戴维斯，还有斯威夫特企业集团的首席模型制作师汉森。汤姆的爸爸一把将儿子拥入怀中，激动地说：

"感谢上帝，你们没事就好。"

"爸爸，能再见到你真好！"汤姆继续说道，"还有你们，能再见到你们很开心。我还以为我们的信号太弱，根本没用呢。"

"具体方位没听清，当时信号太弱了。"

斯利姆说："这片海域我们整整搜索了半宿，多亏了斯威夫特先生的巨型探照灯。"

汤姆粗略地讲述了他们这一路的坎坷经历。亚弗·汉森难以置信地摇着头说："你们还能活着，真是太幸运了！"

"现在最重要的事情就是继续寻找火箭。"汤姆问爸爸，"爸爸，'海洋之箭'二号进行得怎么样了？"

"又一台潜水直升机已经造好了。"斯威夫特先生回道，"汉克和阿特·威尔特萨昨天已经做过测试了。"

听到这个消息，汤姆十分欣喜。"把它开去马拉若岛吧，我们在那交接。我要把马拉若岛作为我们的搜索基地。"

汤姆的爸爸有些疑虑，"你们已经经历了这么多困难，确定还可以继续下去吗？"巴德、乔还有两个海洋学家，义正词严地表明了自己决心，坚持要继续搜寻火箭。

潜水直升机仅剩的A舱，正通过货舱口被拖拽过到"蓝天女王"上。汤姆用无线电联系了斯威夫特企业集团。

"你没事太好了！"乔治·迪林听出了汤姆的声音高兴地说道，一颗悬着的心总算放下了。"孩子，你妈妈和妹妹要是知道这事得高兴坏了。"

"替我报个平安。"汤姆说，"斯利姆，请立即把'海洋之箭'

二号开往马拉若岛!"

"保证完成任务。"

"蓝天女王"起飞前往马拉若岛。

一进入马拉若岛,汤姆就发现要找到一个降落点实在不易。最后,他们停在了东北部的一个大农场里。迎接他们的是当地一群跨坐在牛背上的牧民。他们赤着脚,态度不大友好。双方僵持了一会儿,互相喊话,这群外来访客方才得到登陆准许。

牧民们头戴宽沿草帽,很多人的脖子上都系着一个红色法兰绒的披风,身下骑着怪模怪样的马,渐渐向他们靠近。

乔对此嗤之以鼻:"牧民骑的竟然是牛不是马,这是我遇到过的最奇怪的事了。"

斯威夫特先生曾经来过这里,向他解释道:"在这样的国家,牛的步伐要比马更加稳健,因为伸展开的牛蹄可以防止陷入沼泽。"

"那天气这么热,他们带着披风做什么?"乔百思不得其解。

斯威夫特先生笑着说:"天气热的时候可以用来遮阳,下雨天就用来挡雨,他们是这么跟我说的。"

乔又是一番嗤笑。

黄昏时分,'海洋之箭'二号在马拉若岛上空盘旋着。看到"蓝天女王"后,也降落在岛上。

"爸爸,咱们在出发寻找火箭之前,最好先跟当地人打听打听。"汤姆说,"或许能得到什么线索,节省不少时间呢。"

斯威夫特先生点点头,"儿子,你说得对。咱们去东南沿海城市看看，那不仅是个港口，也是岛上最大的城镇。如果真的有火箭的消息，也一定会出现在那里的。"

汤姆转过身对巴德和乔说："想不想跟我去逛逛？"

两人使劲地点头，于是三人便驾着新的潜水直升机出发了。斯利姆也一同前往，负责看守'海洋之箭'。几分钟后，他们在市郊上空盘旋着，准备降落。

这是一个色彩斑斓的镇子，有红色瓦片铺就的屋顶，窗子被涂成了彩虹的颜色。一栋栋建筑鳞次栉比，两旁街道宽敞。一排排绿油油的果树沿着尚未铺设的道路伸展开来。

集市上，汤姆告诉同伴自己要先离开一会儿，他说："一会儿我们在这汇合。"

乔和巴德在露天集市里闲逛。有卖新鲜牛肉、蔬菜的，有卖紫色饮料和棕榈果冰淇淋的。

巴德突然在一个摊位前停下脚步。摊主是一位体态肥胖的女人，面前摆放着手工编制的篮子、彩绘葫芦还有一些当地特色物件。他指着摊位上一块乌龟形状的绿色石头说：

"乔，我看那是块玉，我要买回去当作礼物送给桑迪！"他问女人，"你会说英语吗？"

她点点头："会，先生，会一点。"

"那个绿色的小玩意儿多少钱？"

"哦，这块翠石呀，不卖。"

巴德皱起了眉头，说："为什么呀，你可以再做一个嘛，对吧？"

"您不知道，先生。"她回答说，"这个不是我做的。它非

第十七章 潜艇危机

常非常古老，是属于很多年前的一位亚马孙女勇士的。她们潜入镜月湖才找到的。"

乔的眼睛瞪得大大的。"女勇士！她在说什么呢？"

"据说老探险家们发现了一支女勇士部落。相传，她们生活在亚马孙河流域。"巴德解释道，"当地人一直认为确有其事。"他转过身，往摊位上扔了几枚硬币，问道："这些钱卖不卖？"

女人使劲地摇着头。巴德又拿出一美元的钞票，放在了那些硬币上，那女人还是摇头。巴德不停地加钱，可她还是坚持不卖。

"不卖！"她毫不退让。

"看我的吧，孩子。"乔说道。他把手伸进口袋，拿出了一串假的珍珠项链和几个亮晶晶的小玩意儿，然后跟那女人说："只有像你这样漂亮的女生，才配得上这些东西！"

她拿起项链，在自己肥肉堆叠的双下巴下比画着。乔继续说道："你看，多漂亮啊！虽然这项链仍不及你眼睛一半的美丽，没有你的眼睛那么明亮，但戴在你身上绝对完美！"

这个印第安胖女人羞红了脸，傻笑着说："先生，您让我无法拒绝。给，这块翠石您拿好。从前，美丽的亚马孙女人会把这个送给她最爱的男人。现在，我把它送给您。"

女人微笑着站起来，向前俯过身去，好像要拥吻乔。老厨师一把抓起翠石，紧张地向后退了几步。一边喘粗气，一边小声对巴德说："快，赶紧跑！"

"它会给你带来好运，助你脱离险境！"女人在他们身后大

第十七章 潜艇危机

喊道。

随后两人跑到街尾,巴德笑嘻嘻地说:"乔,你兜里怎么会有那破玩意儿?"

乔得意地说:"在别人的地盘上闯荡,一定要带上几个小物件,这是为了货物交易。"

"货物交易,得了吧!是因为你的甜言蜜语,她才愿意给咱们的!"

汤姆和他们汇合后,听他讲述刚才发生的事情,扑哧一声笑了。

"那女人说这块绿石头可以让人脱离险境,给人带来好运呢。"巴德解释道。

"不错,看起来我们会用得着。"汤姆表情越发地严肃了,"我刚刚查到了威克利夫、阿克顿还有普莱斯的踪迹。"

"什么!"巴德和乔异口同声地惊叹道。

"有三个人,听描述应该是他们一伙人。"汤姆继续说道,"几小时前,他们开着一架叫作'水虎鱼'的潜艇离开了这里。据说他们已经知道了火箭的具体位置!"

"糟了!"巴德惊呼道,"真是这样的话,我们还没开始就已经输了,怎么办呀?"

"还有一线希望。"汤姆淡定地说,"我听说本地有一个名叫塔克罗斯的天文学家,就住在岛上。他说,自己曾看见天上掉下了一个火球。"

"咱们去哪儿找他?"乔焦急地问道。

"他在城外几千米处有一座房子,我们应该能找得到。"

他们与斯利姆汇合,开着直升机向小城西边飞去。在丛林的边缘处,他们发现了一间平房,房顶上杂乱地盖着棕榈叶。

"我要是没猜错的话,下面那间就是塔克罗斯的房子。"汤姆心里打定了主意。

海洋之箭在上空盘旋着,最终降落下来。汤姆和巴德走近房子,敲了敲门。开门的是一个年轻的土著居民,红皮肤,二十岁左右,一身白衣白裤油腻腻的。

"请问塔克罗斯先生住这里吗?"汤姆询问道。

"啊,是的,先生。但是,他不在家。我叫拉加,是他的仆人。"年轻人的黑眼睛滴溜溜地转着,打量着来客。

"你能联系到他吗?"汤姆追问道。

"哎,先生,他和一个叫作维克·李夫的人去航海了。"

"他说的一定是威克利夫!"巴德激动地说。

汤姆决定碰碰运气,问道:"你知道火球掉进大海什么地方吗?"

"这我倒是知道,先生,我指给你看。"他走出门来,捡起一根木棍,开始在柔软的沙土上画地图。"这是马拉若岛,这是帕拉河。"

"嗯,我能听懂。"汤姆说。

拉加在帕拉河两岸之间画了一条线,直接引向大海。"火球大概在九十千米以外的地方。"

汤姆谢过了他,几人便驾着飞机出发了。威克利夫和塔克罗斯的联系过于明显,斯利姆和乔对此心有疑虑。

"我在想那个仆人的话,是不是真的?"汤姆说道。

第十七章 潜艇危机

他决定回到小城确认消息的真实性。他找来几个看到火箭的人，每个人对于火箭的坠落地点都有自己的一番描述。但总体上，与拉加的描述是一致的。汤姆心里悬着的石头放下了。

他们回到"蓝天女王"降落的大牧场，或者说是大农场时，已经是夜里了。他们正在飞行实验室的休息室享用丰盛的牛排大餐，汤姆把今天打探到的消息告诉了爸爸。

"爸爸，如果我们找到了火箭，"年轻的发明家问道，"我觉得最好用你的巨型磁铁把它打捞出来，就像你用巨型磁铁把我的水下飞机拉出来那样。"

斯威夫特先生赞同汤姆的观点，但他还说："这次，我们要动用'蓝天女王'，以免有什么不测。如果你在潜水的过程中发生紧急情况，我们可以在最短的时间内提供救援。"

"就是说你也会参加这次行动啦！"汤姆难以抑制心中的兴奋。但斯威夫特先生说，他得待在实验室研究重要的政府项目。

第二天一早，五位探险家按照原来的座次，驾着潜水直升机冲上云霄。到达帕拉河河口上空的时候，汤姆操控着飞机慢慢地落到水面上，又渐渐没入水中。飞机在近海水域的浅绿色海水中，一路向着海底前进。

汤姆抬头瞥了一眼控制面板，说道："巴德，你把声呐探测镜打开，我想试试看能不能追踪到威克利夫那伙人的位置。"

潜到水下三十千米的时候，巴德突然警示道："有架潜艇在跟踪我们！"

汤姆马上采取行动。他拿起对讲机，提醒道："开启探照灯，有情况立刻向我汇报！"

不一会儿哈姆大喊道:"找到了!"

他看见一架细长的黑色潜艇向他们加速猛冲过来,潜望塔上明晃晃的白字赫然写着潜艇的名字"水虎鱼"!

"它要攻击我们!"哈姆惊恐地喊道。

第十八章　海底搜寻

敌人渐渐逼近，海洋之箭里的五人感到恐惧不安。

"'水虎鱼'会不会过来撞我们？"乔治问道。

"他们是不会用自己的潜艇冒险的。"汤姆面无表情地答道，"不是鱼雷，就是导弹！但我是不会坐以待毙的。"

汤姆已经将控制轮转向前方，开足马力，"嗖"地一下潜艇就像一块石头一样直直地往下坠去，在上方划出一道泡沫痕迹。

几秒钟后，雷鸣般的爆炸声回荡在水中，"水虎鱼"向他们发起了攻击。"海洋之箭"在爆炸的冲击力下剧烈摇晃。汤姆紧紧抓住控制杆，险些摔倒，而其他人被甩在了地上。

潜艇终于到达大陆架底端。"哦，还活着！"乔从地上爬了起来，有气无力地念叨着，"咱们躲得真是时候！"

其他人也跟跟跄跄地站了起来，贴在防水隔板上，等待第二次袭击。结果，什么也没有发生，第一次爆炸的冲击波也渐渐消逝了。

巴德气得脸色苍白。"卑鄙、下流、龌龊！"他咬着牙咒骂道，"要是让我抓到威克利夫和那两个帮凶，我非打断他们的肋骨不可！"

对方没有再发起攻击,巴德心生一计,说:"汤姆,要不咱们跟上去看看?"

"冒着再一次被轰炸的风险?"

"没准他们以为一炮就把咱们解决了呢。"巴德分析道,"我们现在赶上去的话,准能找到火箭。"

汤姆沉思了一下,说:"好吧,值得一试。"动叶片慢慢地转着,潜艇慢慢上升到他们刚刚看到水虎鱼时的高度,"巴德,你看看声呐探测镜能不能找到他们。"

超声波脉冲往各个方向搜索着,副驾驶巴德仔仔细细地观察着。"报告船长,没有发现对方踪迹。"

汤姆点点头说:"试试声音探测仪能不能找到吧。"说着便将设备打开。只听传来一阵背景噪音,没什么特殊的,完全没有潜艇螺旋桨的声音。

"他们一定是炸完我们就逃到水面上去了。"巴德说。

"或者是熄火了。"汤姆猜测道。

"你觉得他们会不会在哪儿等着伏击我们呀?"

汤姆耸耸肩:"谁知道呢,只要他们超出声呐探测范围,我们就没什么好担心的了。但是巴德,你还得盯住探测镜,以免有什么动静。"

汤姆打开喷射器,前往拉加说的火箭坠落地点。在离岸约九十千米的地方减慢速度,为搜索工作准备器材。金属探测器和达蒙镜已经用特殊材料处理过,安装在两人所在的船舱外。

汤姆打开对讲机:"哈姆、乔治,这里有任务需要你们过来一下。"

"好的。"他们爽快地答道。

二人认真地听汤姆讲完金属探测器的原理后，便着手自己的工作了。巴德负责监控声呐探测镜。汤姆开始在一片几平方千米的区域内来回巡航。但几次下来，金属探测器只是一遍遍地发出微弱的静电干扰声，始终没有探测到火箭大小的金属物体。

"达蒙镜进展如何？"汤姆问道，"有没有荧光反应？"

"目前没有。"乔治回答说，"我已经查看过四次了，什么都没有发现。"

半小时过去了，他们仍然没有任何沉没火箭的消息。乔从一个通道舱门探出头来，说道："要我说啊，那个叫拉加的家伙根本就是瞎指路。"

"我也是这么想的。"巴德附和道，"我敢打赌，他还有他主人塔克罗斯和威克利夫是一伙的。咱们现在回去找拉加，问出真相怎么样？"

汤姆苦笑道："他是不会说的。不管怎样，火箭一定是坠落在这里的某个地方。你还记得那些渔民是怎么说的吗？城里的居民也给出了同样的描述，相信离火箭不远了。"

"我还是觉得咱们最好去找塔克罗斯和拉加问个明白。"巴德仍然坚持己见。

汤姆想了一会儿说："也许你是对的。你来驾驶'海洋之箭'，上升到可以把天线伸出水面的高度就行。"巴德完成任务后，汤姆打开无线电，调试了一下，对着麦克说：

"'海洋之箭'呼叫'蓝天女王'，'海洋之箭'呼叫'蓝天女王'。"

斯威夫特先生的声音传了出来："'蓝天女王'收到，进展如何,儿子?"

"没什么进展。爸爸,我有个请求。"

"说吧,你们在下面需要什么?"

"不是的,我是想让你帮我做些调查。"汤姆告诉爸爸"水虎鱼"试图用鱼雷炸毁潜艇,还有拉加说的关于火箭位置的可能是虚假信息。

"爸爸,你去调查一下这两件事。"

"好的,儿子。"

结束对话后,汤姆让巴德把潜艇降到海底。"看来咱们得仔仔细细地把整片海域都搜寻一遍了。"他把这个消息告诉了另一个船舱里的伙伴们:"我们将要展开延展式正方形搜索模式了。"

"什么意思?"哈姆问道。

"首先我们制定一个较小的正方形航行轨道,边长大概几百米就行。然后我们沿着这个正方形轨迹航行,每转过一圈,自动加长下一圈搜索轨迹边长。这样,正方形会越来越大,只要我们能够坚持足够长的时间,就一定能覆盖任何面积的区域。"

"我明白了。"哈姆说,"这个办法不错,火箭要是在这的话,我们一定能找到!"

汤姆接替巴德掌控潜艇,开始了正方形的搜索方式。他转动着方向盘,脚踩舵蹬,使潜艇向右转弯。十五分钟过去了、半个小时过去了,始终没有火箭的下落。

接下来的几个小时里,随着深度的变化,他们有规律地在波光粼粼的绿色海洋里穿梭沉浮。按照搜索轨迹,他们已经航行到

离岸近一百六十千米的地方。一团团浮游生物匆匆在窗外闪过,还有鱿鱼、鳗鱼等各种各样的鱼群。达蒙镜和金属探测器始终没有探测到火箭的迹象。

巴德问道:"我们现在水下多少米了?"

"二十四米,"汤姆回答道,"马上就……"

海洋之箭忽然间剧烈地摇晃起来,打断了汤姆的话。巴德等人随即摔倒在地,汤姆紧紧地抓住方向盘,与冲击力对峙,用尽全身力气艰难地把脚踩在踏板上。

"我的天呀,这是怎么了?"乔尖叫道,手里胡乱地抓着,想要保持平衡。

"咱们遇到海洋急流了!"哈姆喊道。

"我应付不来!"汤姆大喊道。一想到潜艇可能完全失去控制了,他的脸变得惨白。

第十九章　有人落水了！

"巴德，快……快抓住……方向盘！"汤姆艰难地说。

巴德一跃而起，迅速冲到好友身边，双手紧紧抓住方向盘。"像是骑在了龙卷风中心，有股力一直往上顶！"他气喘吁吁地说，"咱们现在怎么办？"

"大家赶紧想办法。"汤姆焦急地说，"再等下去，我们就要被撕成碎片了。"

"这就是条上……上蹿下跳的鲶……鲶鱼！"在船舱后的乔被颠簸得上气不接下气，"感觉像骑着一匹疯马！"

在汤姆和巴德身后，乔治·布劳恩的身体紧紧抵着舱壁。"一定是因为我们离固体边界太近了，才引起了紊流！"

"咱们怎……怎么办，快点！"巴德催促道。

"切断电源！"汤姆命令道。

巴德照做了。可是，潜艇却倾斜得更厉害了。"水流越来越急了！"乔治大喊道，"再这样下去，我们就被撕成碎片了！"

"巴德，快！"汤姆声嘶力竭地喊道，"把动叶片调成正倾角，让它们转起来，我们冲上去！"动叶片开始转动了。"现在打开喷气装置，最大马力！"

第十九章　有人落水了！

巴德一只手操控着叶片操纵杆，另一只手将喷气节流阀向前推进。几秒钟后，"海洋之箭"终于有反应了。它像一头疯了的野兽一样，横冲直撞。汤姆使出全身的力气把控着操控装置，其他人在一旁爱莫能助，只得坚持着。

"我……我……我们是不是在火山口啊。"乔气急败坏地说，"汤姆，这是怎么了？"

"我在控制船头向上倾斜。"汤姆答道，"我们正骑在紊流上方！"

"海洋之箭"突然四处乱窜，紧接着又是一阵剧烈的颠簸。终于，紊流消失了，潜艇也得以平静下来。汤姆立刻关掉喷气装置，调整了叶片角度。

"我们安全地渡过了急流！"他宣布道。

大家先是沉默，然后才长舒一口气。乔治·布劳恩探过身来，拍了拍两个男孩的后背。

"祝贺你们！你们随机应变，救了大家一命！"

"要是没有你们俩，后果真的不堪设想。"哈姆·特勒随声附和道，"深海水流很难应对，而且非常危险。至今，科学界对此还是一无所知。"

"就像平流层那些幽灵吗？"说着，汤姆向巴德眨了眨眼——两人曾经因为那些幽灵历尽千难万险。

对讲机里传来了乔虚弱的声音："天哪，我的天哪，今儿什么日子啊！先是被炸，然后更倒霉的是，在这个防水小屋子里，被龙卷风一样的东西甩来甩去！我都被折磨得神经衰弱了！"

"船体受损也很严重。"汤姆有些担忧,"不知道是否一切正常,我得去确认一下。"他查看了仪表盘上的计量表,然后对副驾驶说:"巴德,你先盯一会儿。"

汤姆从前舱室开始,一直排查到舱尾。他仔仔细细地检查了所有的焊接缝,检测了所有可能被过分拉伸之处的压迫点。

汤姆回来后对巴德说:"一切正常,但我觉得最好再检查一下外舱体的情况。"

他接过方向盘,让"海洋之箭"浮到水面上,再将动叶片反转过来,加大叶片旋转马力,使潜艇悬浮在水面上几米。

他呼叫厨师,问道:"乔,你想不想做一会儿船长,暂时看管一下潜艇呀?"

厨师立刻精神抖擞起来:"你是认真的吗,汤姆?"

"当然了,我们去检查船体受损情况。你就在这里盯着,保证直升机处于平稳状态就行了。"

乔过来了。他挠挠自己那锃亮的光头,看着仪表盘,为难地说道:"就一个问题,我不知道这些刻度盘和小玩意儿都是管什么的。"

"我会设置成自动驾驶模式的,我先告诉你应该注意什么。"汤姆说道。

不一会儿,乔便洋洋得意地站在控制面板前监控着。其他人打开两个舱室的舱门,将尼龙网放下越过船舷。然后,汤姆、巴德、哈姆和乔治爬了出来,在外船体巡视着受损迹象。

十五分钟后,排查结束。几人依次向汤姆汇报检查结果——一切正常,没有发现任何受损迹象。

第十九章　有人落水了！

"看来,"汤姆做出了判断,"'海洋之箭'可以继续上天下海了。"

"咱们下一步怎么办?"巴德问道,"再潜一次还是……哎呀!"

巴德本是两腿叉开支着地,突然失去了平衡。他胡乱地挥着双臂,摇摇晃晃好一阵,接着一声尖叫,身体向后倾倒,大头朝下地掉进了水里。

过了一会儿,他才冒出头来,揉搓着眼睛,想把里面的水弄出来。

汤姆捧腹大笑:"伙计,难道你还不知道自己是哪种潜水吧?"

对于好友的嘲笑,巴德致以友好的回应。"好吧,让你见笑了。"他回应道,"反正我已经湿透了,正好游个泳。"

巴德扑腾着让自己浮在水面,用一只手去解鞋带。

"小心鲨鱼!"乔治提醒道。

汤姆朝着敞开的舱门喊道:"喂,乔!从三号柜子里拿一个驱鲨袋给我。"

驱鲨袋是绑在游泳者的腿上的。袋子里装的是糖片和铜盐,味道对于鲨鱼来说难闻至极。

汤姆接过驱鲨袋,丢给了巴德。

"谢了,兄弟!"他一把抓住袋子,然后举起自己的鞋子,"保管好这个。你们应该下来试试,水温正好!"

绑好袋子后,巴德从容地在水里游了起来。

今天是个下海的好日子。炙热的阳光直射下来,清爽诱人的碧波微微起伏，远处几只渔船隐约可见，一艘轮船冒着白烟正从海平线处缓缓驶来。抬头仰望，海鸟在空中盘旋，欢快地叫着。

"天啊，我也要下去！"乔治终于下定决心。

"我也是。"哈姆说，"汤姆，你呢？"

"马上，我先去把直升机停在水面上。"

两位海洋学家脱下上衣，把驱鲨袋绑在腿上，从船上扑了下去。

此时，汤姆进入了船舱。"干得漂亮，乔！"说着便接过操控装置，"你表现得像一个老飞行员一样。"

听到这样的夸赞，乔咧着嘴笑了。乔在一旁看着年轻的发明家将"海洋之箭"稳稳地停在了水面上。然后问道："汤姆，你为什么断定我们找不到火箭？"

"我不知道，乔。"汤姆心绪不宁，说自己可能需要换种方式去探测火箭。

"这倒有一个好处。"乔笑道，"如果咱们遇到了麻烦，那个混蛋威克利夫肯定也没辙！"

"那倒是。"汤姆也认同这一点，多少有了些安慰。"来，咱们去游泳，回来再想办法克服困难。"

两人脱下外衣，绑好驱鲨袋，在船上准备下水。

阳光下，乔用手遮着眼睛，扫了一眼水面，困惑地问道："他们去哪儿了？"

汤姆不安地环顾四周，没发现巴德、哈姆和乔治的踪迹，连头也没有看见！

"不知道啊。"他边思忖着边说，"驱鲨袋肯定是……"

第十九章 有人落水了!

汤姆突然不说了。他倒吸一口气,抓住厨师的胳膊,"快看,乔!"

潜艇不远处,一个奇怪的黑灰色怪物出现在微波粼粼的海面上,少说也有六米宽,正朝他们游来。

第二十章　深海恶魔

"超级翻车鱼!"乔目瞪口呆,"这到底是什么东西?"

"是蝠鲼。"汤姆紧张地说,"人们通常叫它魔鬼鱼。"

"难怪看起来像魔鬼。"厨师咕哝着,"前面支出来的那两根东西跟触角似的。"

汤姆目测这只大怪物有一点三吨,担心它会用尾巴攻击游泳的朋友们。他知道这条蝠鲼的尾巴可以将人劈成两半!

汤姆和乔并不知晓三个朋友早已潜到水下,正拼命地往回游。他们看到魔鬼鱼的时候,它已经横在他们和潜艇之间了。为了安全返回,他们不得不潜入水中,在水下绕过魔鬼鱼游到潜艇另一边去。

此举实为虎口拔牙。倘若被魔鬼鱼发现,它就会发起攻击,到时只能任其摆布了。唯一的办法就是,憋足一口气,从水下游到海洋之箭的另一端。在水中奋力前行,他们感到自己的肺快要炸掉了。

一个头突然冒出了水面,汤姆辨认出是巴德,高兴地呼喊着。几秒钟后哈姆和乔治也冒出头来。

三人气喘吁吁地搭在船沿上,面色惨白。魔鬼鱼此时还在海

第二十章 深海惡魔

里来回游着，汤姆和乔趁机将三人拉上船。

"哇，游个泳竟然以这样的方式收场！"巴德嘟囔着，仍在大口地喘着。

"总比待在那个恶心的家伙的胃里好得多。"乔评论道。

蝠鲼突然从水中高高跃起，又重重地落下，伴随着爆炸一般的巨响，"海洋之箭"猛烈地摇晃起来。

"那怪物生气了！"乔喊道。

汤姆也认为，情况确实如此。魔鬼鱼似乎想要摧毁潜水直升机！汤姆闪电一般地窜进舱口，不忘召集其他人跟着自己。他冲到操控装置前，立刻启动动叶装置。叶片呼呼地转了起来，"海洋之箭"终于升起到空中。

"吁！"乔感慨道，"还真没见过脾气这么大的动物。它怎么那么暴躁？"

哈姆大笑道："据说蝠鲼的鳞片里长满了寄生虫，奇痒无比，它们受不了。刚才要是再晚一分钟，它就会来撞我们的船，弄掉虫子。那咱们的船就毁了。"

汤姆决定在海上航行一圈。"没准会发现'水虎鱼'的潜望镜。"他跟伙伴们说，"兄弟们，睁开你们的眼睛，打开对讲机，各就各位。"

他们在空中巡视着。汤姆打开短波无线电设备呼叫"蓝天女王"上的爸爸。斯威夫特先生立刻应答了。

"有消息了，汤姆。"他说，"天文学家的仆人拉加失踪了！线索断了，去其他地方找拉加和塔克罗斯吧。"

"很好！"汤姆说，"我现在能确定拉加和塔克罗斯在为威克利夫做事。"年轻的发明家跟爸爸汇报了当前情势，几分钟后便挂断了。

他们继续在海上搜寻潜望镜，始终没有任何发现。最终汤姆宣布："威克利夫可能已经回岛上去了，我们也该回去了。"

"不找火箭了？"哈姆问道。

"今天就到这吧。我想回去用"蓝天女王"实验室里的金属探测器做个实验。"

汤姆认为，提高金属探测器上的搜索波束的频率可能会有效果。"我需要实验器材来改造探测器。"

他们还是降落在那个农场。迎接他们的是斯利姆·戴维斯，他看起来很兴奋。

他们刚一出船舱，斯利姆就问道："有什么进展吗，船长？"

"目前没有，"汤姆回答说，"金属探测器需要改进一下。你们打探到什么消息了吗？"

"消息多着呢！"斯利姆说，"威克利夫回到岛上了，我看到他的潜艇停在港口，还不到一个小时。"

巴德眼中燃起了熊熊怒火："走，带我去找他！"

"巴德，别这样。"汤姆劝导他说，"打架是解不开这个谜团的，他不会承认。倒是可以找他谈谈，看看能不能发现什么。"

"你也一起去吧，汤姆。"

年轻的发明家摇了摇头："现在不行，我还有事要做。"但他说自己会晚点和他们汇合。"我和汉克一会儿开着'海洋之箭'去找你们。"

经讨论决定,斯利姆、乔治和巴德坐滑行船去索里。滑行船是"蓝天女王"机库舱板里的两架小型飞行器中之一。

"海洋之箭"降落在"蓝天女王"不远处。汉克·斯特林和汉森正在机身下忙碌着。

"出什么故障了吗?"汤姆走近了问道。

"就是清理清理喷气装置。"汉克答道。

"你们忙完这个,帮我把金属探测器从海洋之箭上卸下来吧,我要改进一下。"

"没问题。"

巴德和两个同事推出滑行船,驾着它飞往小城。此时,汤姆爬上"蓝天女王"的二楼楼梯。爸爸在飞机中央的空调实验室——隔音室忙着做高真空实验。飞机的这一部分,各种科学装备齐全,因此"蓝天女王"有了"飞行实验室"的昵称。

"哦,儿子,我听说威克利夫匆忙回到这里了。"斯威夫特先生说。

"是啊,寻找火箭这事,我和他还得一决高下。"接着,汤姆跟爸爸说自己打算提高金属探测器频率,去寻找失踪的外星生命体样本。

爸爸听得仔细。"你是说火箭外壳会吸收探测器的搜索波束,对吧?"

"是的,所以我们才探测不到。"汤姆说,"但我相信,提高频率可以解决这个问题。"为了证明自己的观点,年轻的发明家拿出铅笔,在纸上迅速地写了几个公式。

爸爸点点头:"目前看来是有道理的。但要把频率提那么高,整个装置都要重新制造了。这得回斯威夫特企业集团呀。"

"爸爸,我觉得在飞行实验室里就可以完成。"汤姆坚持己见,"咱们要做的就是重新设计三个电路,像这样……"说着,他画下了心里想的电路图。

看到儿子如此才思敏捷,斯威夫特先生轻笑道:"我相信你,咱们开始吧。"

金属探测仪外壳呈灰色,金属质地。汉克和亚弗把它搬了进来,横在父子俩中间。

"放哪里,汤姆?"汉森问道。

"就放那边电子工作台吧。""蓝天女王"的整个实验区由齐肩高的围板分成几个单独的区域,每个区域都设有配套的科学实验器材。

汤姆用螺丝刀迅速地将探测器的外壳卸下,露出了底座,上面分布着一排排闪着光的电子管、阴极射线管,还有冷凝器和电阻。父子俩抄起焊铁、扳手、螺丝刀,重排电路,忙得不亦乐乎。

与此同时,巴德、乔治和斯利姆正在飞往索里的路上。他们绕道海滩,试图找寻停在港口的黑色潜艇,结果仍然不见"水虎鱼"的踪迹。

"没在这!"巴德气急败坏地说,"会不会是上次看见之后,他们又走了?"

"别管那么多了,先降落吧。"斯利姆建议道。

"好吧。"巴德说道,"要不咱们分头行动吧。我和乔治负责镇里,你就沿着海岸飞。威克利夫很有可能把潜艇藏到树木茂密的小海湾里了。"

方案全票通过。巴德将滑行船停在一片田野里,和乔治一起下了飞机。三人商定,几个小时后在此处汇合。斯利姆坐到驾驶位置,开着飞机出发了。

去往镇里的路上有几家店铺,挂在门口的红旗告诉人们,店里售卖的是鲜肉或蔬菜。巴德和乔治走走停停,沿途向店家打探高个儿北美男人和他两个同伴的消息。结果,收获的只有彼此的两个动作——耸肩和迷茫的凝视。

"看来幸运之神今天是不会眷顾我们了。"乔治叹了口气。

巴德抬手打了个响指。"走,去塔克罗斯家。如果潜艇回来了,那他一定在家。他要是个诚实的人,就会和我们说实话的。"

"值得一试。"

两人一路西去,终于抵达了这位天文学家在沼泽树林边的房子,恰巧遇上两个白人将要离开。

"重大新闻!"巴德激动地说,"是费德·阿克顿和凯尔特·普莱斯!来吧乔治,这下可有意思了!"

两人走上前去,看见阿克顿和凯尔特面无表情地迎面走来。"真巧,"巴德挡在两人面前说,"你俩给我解释解释,威克利夫先生在哪里?还有,今天早上为什么用潜射导弹攻击我们,你们到底有什么阴谋?"

阿克顿干瘦的脸上露出了嘲讽的表情,笑道:"朋友,我们什么都不会说的。还有啊,如果你们是来质问塔克罗斯的话,那

就请回吧。别妄想见到他了，懂吗？"

巴德气得双眼通红，问道："我看今天谁能阻挡得了我？"

"我们。"

"那就试试吧！"

阿克顿迅速出拳，朝着巴德的下巴打去！

第二十一章　他们不见了

巴德熟练地抬起右手，截住阿克顿挥来的拳头，躲过了攻击。

"看来你想打架啊！"巴德狠狠地说道，"尝尝这个！"他朝着阿克顿的胸口用力一推，阿克顿向后踉跄了几步。

阿克顿没有直接冲上前去，他小心翼翼地绕着对手踱着步，左手几次快速出拳。巴德灵巧地躲过阿克顿的攻击，开始左右出拳，发起连续攻击。

乔治·布劳恩想起汤姆说过不要惹麻烦，站到两人中间试图阻止打斗："算了，你俩别打了！"

令他意想不到的是，凯尔特·普莱斯一把揪起他的领子把他拉到一边。"少管闲事！"普莱斯咆哮道，"这里也不欢迎你！"海洋学家乔治还没反应过来，防守未及，就被普莱斯一拳打倒在地，昏了过去。

乔治很快清醒过来，怒不可遏。左手一记上勾拳击中了普莱斯的下巴，接着右拳顺势而出，打在了这位矮胖科学家的肚子上。突如其来的重击打得普莱斯"吭哧"一声，好不容易站稳了脚步。他像一头熊一样冲到乔治面前，又吃了一拳后立刻反击。

第二十一章　他们不见了

费德·阿克顿这边还在声东击西,时不时地刺拳试探着。巴德左右闪躲着,挨了几拳,始终未占上风。很明显,费德·阿克顿是个经验丰富的拳击手!

混战持续了几分钟后,巴德和乔治渐渐地开始占据优势。

"马上就能撬开他们的嘴了!"巴德一边打斗着,一边胸有成竹地说。这时,房门突然开了,一个皮肤黝黑,身着白衣的人冲了进来。是拉加!

"他也来了!"巴德思忖着,不知道他是敌是友。很快,这个疑虑就被凯尔特·普莱斯打消了。"拉加,快来帮忙!"他气喘吁吁地喊道。

"好的,朋友!"他一个箭步冲到巴德和乔治面前,挥拳相向,下手恶毒狠重。

双方人数三比二,局势开始扭转。两人对付一个敌人的时候,会遭到另一个敌人的攻击,巴德和乔治很快就招架不住了。乔治的鼻子和嘴角流着血,巴德左眼也被打得淤青。

这时从门口传来了愤怒的声音:"都给我住手!这是怎么回事?"

听到汤姆的声音,巴德心里雀跃不已。"汤姆!过来帮忙!"

汤姆立刻前去支援,专门负责对付拉加。拉加来回虚晃,想从后面偷袭汤姆。汤姆随即转身,左手一记刺拳正中对方下巴,接着右手又是一拳结结实实地落在拉加小腹上,疼得他跪倒在地上。

拉加打算伺机逃跑,阿克顿和普莱斯见状也斗志全无。

凯尔特·普莱斯突然气喘吁吁地喊道："我要走了！"

矮胖的科学家普莱斯跑了，阿克顿和拉加紧跟其后。三人跑向一片安迪拉树林，周围是齐肩高的野生棉田。

"走，抓住他们！"巴德喊道。

他和乔治刚要追赶，汤姆一把抓住他们的胳膊，把他们拉了回来。"冷静点！他们只是跟班的，我们要找的是威克利夫！阿克顿和普莱斯在这里，那威克利夫可能也在这。"

巴德和乔治最终没有追上去。乔治说："他们是跟班不假，可那几拳却是货真价实。"

"我眼睛上这块淤青就跟椰子那么大！"巴德抱怨道。由于愤怒，他眼睛上得那淤青变成了蓝绿色，很快便肿了起来。"这是怎么搞的？"

巴德耸耸肩："阿克顿和普莱斯什么都不肯说，还命令我们离开。我俩不走，他们就动起手来。"

汤姆摸着下巴说道："反正他们是阻止不了我们的！我刚完成工作就驾着'海洋之箭'飞过来看看，要找塔克罗斯问个清楚。"

"飞机在哪儿呢？"巴德询问道。

"汉克正开着到处巡视呢。咱们走吧！"

汤姆走进房子，伸手敲了敲门，里面传来一阵窸窣声响，在丛林边鸟鸣声的干扰下并不清晰。

年轻的发明家又敲了敲门。这次，他听到了房子里面有微弱的声响。隔着窗棂，他捕捉到屋里闪过一个身影。汤姆气急了，再一次用力敲门，还是没人应答。

巴德突然惊呼起来："喂，汤姆，有人从后面跑了！"

第二十一章 他们不见了

男孩们赶忙绕到房子后面,只看到一个身影消失在树林边,那个人好像是威克利夫!

"我们追不追?"乔治问道。

"追!"汤姆嗖地一下冲了出去,巴德和乔治也跟了上去。

几人一头扎进树林,里面林木高耸,枝叶繁盛。午后阳光的炙烤下,沼泽树林里到处都充斥着蒸汽,闷热难当。他们奔跑着,几次被藤蔓等爬行植物绊倒。一团团带刺的昆虫聚集在他们头上嗡嗡作响。

他们跑得筋疲力尽,终于停了下来。"我们好像跟丢了。"乔治边喘边说。

"我们分头去找,看看他们有没有留下什么痕迹。"汤姆建议道。

没过多久,巴德便大声呼叫同伴。待队友赶到的时候,他指向一串脚印。

"走!"汤姆火急火燎地说。

他们跟着脚印跑了四十千米后,在一条河边停了下来——脚印不见了,河里还有几只鳄鱼。

汤姆指着岸边上一块泥泞的痕迹说:"威克利夫他们肯定把独木舟藏在这了。我们沿着河去找,没准能找到潜艇。"

"可是往哪边走呢?"乔治说,"我可不想在这里迷路。"

他看到水面上有两条鳄鱼,只把它们满是鳞片的尾巴和长长的颚露出了水面。

"这么轻易就跟丢了,"巴德表情凝重,"我看,我们得放弃了。"

回去的路上,乔治告诉汤姆他们和斯利姆约定好的汇合地点。"或许他已经找到'水虎鱼'了。"乔治补充道。

他带领大家去往约定好的那片田野,斯利姆会把滑行船停在那里等着和他们汇合。十分钟后,他们走在沼泽边缘,步履沉重,已经快到汇合地点了。天突然暗了下来,从海上刮来一阵强风。

"哦,天气可不怎么样啊。"巴德说。

"现在已经过了雨季,"汤姆说,"可能就是一阵大风吧。"

乔治一声尖叫,两人向海边望去,只见一面巨大的水墙正向他们咆哮着袭来!他们必须找到避难之处!

"这里没有高地!"乔治惊恐地喊道,"这么大的浪会把咱们拍进沼泽的!"

汤姆指着一排椰子树和棕榈树说:"快爬到树上!"

男孩们爬上高耸,但不怎么粗壮的棕榈树。还没爬到树顶,巨大的水墙如排山倒海般席卷而来。肆虐的风越来越大,嘶吼着将树压弯,树上的人儿紧紧地抱着弯折的枝干。

汤姆抱着的那棵树已经就快折断了。咆哮的水流在树下形成漩涡,激起了层层泡沫。如果这棵树被连根拔起,自己就会被卷进这汹涌的激流中去。想到这儿,汤姆心急如焚。

第二十二章　振奋人心的消息

汤姆抱着这棵摆幅不定的棕榈树，眼看着奔涌的激流就要来了，心里想的却是滑行船和"海洋之箭"里的两位驾驶员，斯利姆·戴维斯和汉克·斯特林。他们及时起飞了吗？风暴有没有对飞行器造成什么损害？

三人绝望地看着水墙朝他们逼近，长时间攀在树上让他们肌肉酸疼。

巴德突然大喊道："直升机！"

汤姆和乔治转过头，朝巴德的视线望去。只见"海洋之箭"和滑行船正顶着风艰难前行。他们能看见被困的三人吗？

三人冒着被风吹走的危险，拼命地招手。起初，两位飞行员好像没看到他们，飞了过去。紧接着，两人驾着飞行器转了弯，又飞向那几棵棕榈树。

"他们看见我们了！"乔治激动地说。

斯利姆和汉克向他们招手微笑，给他们鼓励。但是两人的担忧都写在了脸上，原因很简单——两架飞行器上都没有救生吊索。只要浪还在不断地涌上来，连降落都是冒险之举。树上三人看见汉克·斯特林拿起话筒，对着无线电设备说着什么。

"他在呼叫'蓝天女王'!"汤姆大声说道。

"还要等!"巴德抱怨道。

一分一秒都过得很艰难,男孩们四肢肌肉紧绷,酸疼得快要承受不住了。

终于,庞大的飞行实验室出现在空中。它停止前行,启动了喷气升降机,悬停在树顶的高度上。

接下来是精心设计的援救过程。机库舱板尾端的钢制双拉门滑开,朝着巴德放下一架尼龙钢丝混合绳梯。他试了几次才成功地抓住摇荡的梯子。攀爬中,狂风将他吹得歪向一边。终于,他顺利地登上了飞机,斯威夫特先生迎了上来。

随后汤姆和乔治也被营救上来。男孩们在舒适的休息室喝了几杯乔冲调的热可可,渐渐舒缓下来。几分钟后,'蓝天女王'在农场降落。

"哎哟,我感觉自己就像一只僵硬的猴子。"巴德伸展着四肢,如实地描绘被困时的感受。

"还好棕榈树抱着顺手,要不咱们现在就是被淹死的猴子了。"乔治说道。

白天发生的事情让汤姆筋疲力尽,晚上睡得格外香甜。第二天早上,他起得很晚。去休息室吃早餐的时候,看到企业集团的飞行员山姆·巴克坐在桌前和斯威夫特先生喝着咖啡,汤姆有些意外。他微笑着和山姆握手,问道:"这是从哪儿来呀?"

"我是从肖普顿开着喷气式货机来送东西的。"飞行员笑了笑说,"之前不知道能不能在岛上降落,但现在看来这不是件难事。"

第二十二章 振奋人心的消息

斯威夫特先生补充道:"我让山姆把巨型磁铁还有一些其他设备带过来,包括你的彩色相机——'谍眼'。"

"你做了改进?"汤姆问道。

"嗯,我觉得你找火箭的时候可能会用得上。"

"谢谢你,爸爸,你想得太周到了。"汤姆接着又说,"出发前,我想再碰碰运气和塔克罗斯谈谈。"

吃过饭后,汤姆找到汉克·斯特林,交代他把相机安装到'海洋之箭'上。

"金属探测器也安上吧,"他说,"已经可以用了。"

分配完任务后,年轻的发明家就去找巴德了。他问道:"你想不想再去拜访一次塔克罗斯?"

"去呗,又不会有什么损失。"巴德自嘲地说,"说不定还能带回来点什么呢,比如说嘴角流血,或者是鼻青眼肿。"

"好吧,那咱们去开滑行艇吧。"

几分钟后,男孩们驾着小小的直升机翱翔在马拉若岛上空。到达城镇后,他们在塔克罗斯的房子附近降落,走了一小段距离才到达塔克罗斯家。百叶窗一如既往地关着。

男孩们走到门前,汤姆敲了敲门。令他们意想不到的是,这次立刻有人来开门了。眼前是一位头发花白的中年女人。

"早上好。"她细声问候道,面带微笑。她侧过身去,邀请两人进屋。受到如此热情的招待,男孩们有些错愕,机警地打量着四周。客厅里陈设着一套藤艺家具,既朴素却又不失舒适,书架和桌子上堆满了书籍、科技期刊,还有各种各样的望远镜等观测仪器。

三人坐了下来，汤姆问道："您是塔克罗斯夫人吗？"

"是的，先生。"

"我们想见见您丈夫，可以吗？"

"很抱歉，先生，他不在家。"

"那您能告诉我们去哪儿找他吗？"

她说当天早上，自己的丈夫就和一个叫作维克·李夫的男人离开了。她还神神秘秘地告诉男孩们说，他们已经找到了宝藏，前一天是回来取设备的。

男孩们相视无语。她说的是真的吗？汤姆真的来晚了一步吗？

"我也不知道他们什么时候能回来。"她说。

汤姆和巴德坐在那里，思绪乱成一团，沉默了好一阵。不管怎样，再留在这儿也无济于事，两人做了决定，起身准备离开。汤姆突然瞥到角落里有一摞书，里面有一本黑色本子，页脚已经磨损了。封皮上一个大写字母"S"非常可疑，很有可能就是失窃的那本《星际词典》！汤姆惊叹一声，赶紧过去将黑色本子拿在手中。

"不，不可以，先生！"印第安女人大喊道，"你不能拿，这是维克·李夫博士的东西！"

"这是我爸爸的！"汤姆毫不退让，"威克利夫博士跟我爸爸借了这个本子忘记还了，我现在要拿回去。告诉他是汤姆·斯威夫特拿走的。"

她害怕极了，看着汤姆把本子带走，没再阻拦。能拿回代码男孩们很高兴，但这无法抵销火箭带给他们的忧郁。

第二十二章　振奋人心的消息

"你觉得我们已经输给跟屁虫威克利夫了吗？"巴德问道。

"我不会认输，巴德。我希望是有人担心我们回去找火箭，故意让塔克罗斯夫人这样说的。咱们现在得马上采取行动了！"

两人钻进滑行船，连忙赶回了农场。汉克·斯特林刚从"海洋之箭"里爬出来，他告诉汤姆金属探测器已经安装完毕。"我刚刚彻底检查了一下，潜艇一切正常。"

"干得好，汉克。"汤姆表扬了他，"你现在马上把它发动起来。"

男孩们匆忙登上了"蓝天女王"。斯威夫特先生和哈姆、乔治两人正在机舱研究亚马孙河流域的海道测量图。

汤姆把《星际词典》递了过去，斯威夫特先生惊愕不已。听到威克利夫已经找到"宝藏"的消息后，斯威夫特先生表情凝重起来。

"这样就说得通了。"他用手指敲击着代码书，"如果是威克利夫偷了《星际词典》，那我们在肖普顿遇到的麻烦，应该大多都是他指使的。希望我们知道的还不算晚。"

汤姆收紧了下巴，看起来果断决绝。"我想，只要威克利夫还没把火箭打捞上来，就不算晚！火箭还沉在海底一天，这场比赛就还没有结束！"

年长的发明家听了这番话，自豪感油然而生。"这就是信念，儿子！你打算什么时候出发？"

"现在。"汤姆环顾四周问道，"乔去哪儿了？"

"厨房吧，我猜。"哈姆回答道。

一阵呻吟打断了哈姆的话。那声音微弱却尖锐，好像有人正遭受着难以忍受的剧痛。

"喂!谁在那儿?"巴德大声询问道。

大家立刻跑去机尾,爬上梯子,跟着声音一路来到厨房。只见光头胖厨师正痛苦地蜷缩在地上。

巴德最先冲到厨师身边,他托起乔的头,惊呼道:"天哪!他病得不轻!"乔的脸惨白,嘴唇已经发紫了。

"等等!"斯威夫特先生拿出一张干净的纸巾,给厨师擦了擦嘴,紫色不见了!

乔呻吟着,终于说出话来了:"哎哟,我就是尝了点新鲜玩意儿!"胃里又是一阵痉挛,乔疼得紧紧地捂着肚子。

斯威夫特先生走到电炉旁,拿起一个空碗,里面还残留着一点紫色的浆液。他指着一堆弹珠大小的果核说:"我知道原因了。乔吃了太多的棕榈果羹。在亚马孙地区,人们最喜欢吃的一种食物。乔,你很快就会好起来的。"

"你就好好休息吧。"汤姆说,"恐怕我们这次出海得自己弄吃的了。老前辈,祝我们好运吧,最后一搏了!"

乔想要坐起来,但他太虚弱了,又倒了下去。大家把他背到他的床铺上安置好,便离开去了海洋之箭停泊的地方。

汤姆、巴德、哈姆和乔治登上了飞机。

四人进入船舱,将舱口关闭,汤姆依然坐在操控台前。飞机升空后便直奔大海而去。到达帕拉河河口后,汤姆把飞行器缓缓降落在水面上,调整了叶片角度,将前轮收起,顺利地潜到海下。

"分工还和上次一样吗?"巴德问道。

"不,这次巴德你负责声呐探测镜,监测威克利夫的潜艇。

第二十二章 振奋人心的消息

哈姆和乔治负责操控金属探测器和达蒙镜。"

汤姆驾着"海洋之箭"按直线路径渐渐驶离了海岸。一路上,金属探测器总是发出微弱的"咔嗒"声。在离岸八十千米的时候,"咔嗒"声变得清晰了。哈姆抬眼看了看汤姆,难掩心中的紧张和激动的情绪。

"我猜咱们肯定探测到什么了!"

"指示器什么情况?"

"指针在金属频率范围,比之前要高很多。"

汤姆笑着说:"巴德,祈祷我们好运吧。或许我们才是笑到最后的!"

"海洋之箭"继续向前航行。汤姆根据探测器的反应,不时地调整航行方向。"咔嗒"声越来越大。终于,行至离岸两百千米的时候,探测器发出更为清晰的"咔嗒"声。

"我们是不是中大奖了!"巴德兴奋地说。

汤姆点点头说:"是时候下去一探究竟了。别忘了盯着点'水虎鱼'!"

汤姆打开节流阀,缓缓放下控制轮,"海洋之箭"随即直线下坠。水手们津津有味地看着窗外的不断变化的颜色,从蓝绿到深灰,逐渐加深到如墨一般的漆黑。

潜到海底后,汤姆将两盏探照灯全都打开。强烈的灯光在黑暗中形成两个黄色的锥形,蔓延到远处。他们没有发现潜艇的迹象,但前方的东西着实令他们又惊又喜。他们隐约看见前方灯光下有一个尖头物体!

是那枚失踪的火箭吗?

第二十三章　打　捞

汤姆和朋友们非常想知道答案，眼睛一眨不眨地盯着远处。终于乔治开口说话了，"汤姆，我们是不是找到火箭了？"

年轻的发明家此刻心脏怦怦直跳，但表面还装出一副波澜不惊的样子。"可能吧，我们过去看看。"

他拉下控制杆，将牵引装置放下，再按下按钮，履带开始运行了。海洋之箭开始前行了，汤姆关掉了主节流阀。

"你为什么让叶片转得这么慢？"巴德困惑地问道。

"这样会增加浮力，不容易卡住。"汤姆解释道。

黑暗中，海洋之箭碾过海底沉淀物，缓慢地前行。他们靠近带尖物体仔细端详时，巴德欢呼了起来。

"是太空火箭！"

毫无疑问，因为眼前这个物体完全符合他们在肖普顿拍到的影像！雪茄形状，杯状翼片从头延伸到尾。

"你成功了，汤姆。你是深海侦探！"巴德一条胳膊搂着朋友继续说道，"没想到，你真的抢在威克利夫之前找到了火箭！"

哈姆和乔治也前来祝贺。他们拍拍汤姆的背，激动地握着他

第二十三章 打捞

的手。汤姆此时心里早已乐开了花,脑袋里已经开始无限畅想。或许,他们能用火箭里装的东西探索出另一星球生命的奥秘。但他脸上只露出了满足的微笑。

"还有很多事情要做。大家可别忘了,打捞火箭可不是容易的事。还有,我们得时时刻刻提防着威克利夫。"

"下一步怎么做?"哈姆问道。

"我想先用'谍眼'看看火箭里的情况。"汤姆跟大家简单地解释了"谍眼"的运作原理,"这个是彩色版的。"

"哇!那得相当精彩了。我们将要看到的是一副色彩斑斓的外星生命体画卷!"巴德激动地说。

放置在舱内角落里的相机闪亮登场了。汤姆把它推到窗前,接通电源,将镜头对准火箭,然后再打开开关,一切准备就绪后,又调整了旋钮和转盘。

"马上就能看到图像了!"哈姆自言自语道。

屏幕上的图像渐渐清晰,他们大失所望。原来火箭外缠有一层不透明管子。再仔细一看,不透明的管子里装的是浅红色奇怪物质,相机无法透过它窥探到火箭内部。

影像持续了几秒钟后,相机突然发出爆裂声,接着屏幕一黑,相机冒出一缕白烟。

"喂,这是怎么了。"

汤姆打开相机外壳后面的小门,"投影灯爆了。"

幸运的是,他们有备用灯泡。他迅速将新灯泡换上,结果悲剧再次上演——图像只持续了几秒钟,投影灯又爆了。

"怎么会这样?"乔治问道。

"火箭所用的金属材料一定不同寻常。"汤姆推测道,"它对电子束有影响,进而导致线路超负荷。"

"那些阻碍相机拍摄的不透明管子又是什么呢?"

"我猜管子是推进和引导火箭的什么反应装置。"

"我很好奇,"哈姆继续问道,"里面浅红色的东西是什么?"

"问到点子上了!"汤姆嬉笑着说道。接着他又冷静地说:"总之,我们很快就会找到答案的。"

"为什么这么说?"巴德不解地问。

"我打算把火箭搬走。首先,我需要知道它到底有多重。"

汤姆开动潜艇向前推动火箭。火箭动了,他很开心。"这金属比镁还要轻,"他评论道,"同时又很坚固。否则,从外太空到地球,火箭不可能抵挡得了这一路上的压力和张力。"

汤姆决定告诉爸爸这个消息,又将潜艇升到水面上去了。他抽出天线,用无线电联系爸爸。斯威夫特先生的声音传了过来,"怎么样,儿子,找到了吗?"

"当然找到了,爸爸!还有,威克利夫没来捣乱!"

"太棒了!"斯威夫特先生激动地说。

汤姆向爸爸描述了具体的情况。"你什么时候能把巨型磁铁带过来呀?"汤姆问道。

"告诉我你们现在的具体方位,我十分钟之内一定到!"

汤姆告诉了爸爸具体地点,还嘱咐爸爸准备一根电缆,长度要足够从他们的无线电接收设备扯到水面浮标。这样,即使"海洋之箭"潜入海底,也可以和"蓝天女王"保持沟通无阻。

第二十三章 打捞

斯威夫特先生说到做到，飞行实验室果然在十分钟之内赶到。他们立刻撤掉潜艇无线电设备原来的天线和电线，换上新的电缆、天线后，潜艇又潜了下去。

抵达火箭处，汤姆将探照灯对准火箭，并通知爸爸开始工作。斯利姆·戴维斯将"蓝天女王"开到指定位置，用钢索慢慢投下巨型磁铁，磁铁很快进入了海洋之箭上四人的视野。

"偏了，"汤姆通过无线电和斯利姆说，"往东南方向移一点。"

斯利姆调整了喷气口和升降机的角度和马力，缓慢地移动着，磁铁也开始跟着摇摆不定，终于还是稳稳地停在了火箭上方。

"放！"汤姆大声喊道，磁铁立刻坠了下来，"好，正中目标。"

"要开始了，儿子！"斯威夫特先生说。他按下开关，开始向磁铁输送电流。

男孩们屏住呼吸，期待着火箭被提起提出水面那一刻。结果却不尽人意，每次提拉都未见火箭移动分毫，因为磁铁无法吸附在火箭上。

"停！"汤姆喊道。这一次磁铁仍然没有将火箭拉起。

"没有用的，爸爸！"汤姆说，"火箭外壳的金属没有磁性，根本吸不住。"

年长的发明家想了想，接着又满怀信心地问："儿子，你是不是说过火箭非常轻？"

"是啊，爸爸。"汤姆答道。"怎么了？"

"这样的话，我们可以用另一种办法给他吊上来！"

第二十四章 海底之囚

"爸爸,真的还有办法把火箭弄上去?"汤姆松了口气。他的爸爸从来没有在危机面前败下阵过。

"是的。我这两个月一直在制造一种强大的真空提升机。"年长的科学家回答说,"我想它可以克服水压,把火箭拉上来。"

汤姆听了欢喜得不得了,同时又很好奇。"爸爸,你那机器什么样子啊?"他问道,"远程控制吗?"

"不是。"斯威夫特先生说提升机虽然很强大,个头却相当小巧,可以绑在火箭上。"我准备把提升机绑在磁铁上,"他继续说道,"然后就可以利用磁铁那根电力电缆进行操控了。"

"好主意!"汤姆激动地说,"咱们试试吧!从企业集团把提升机运过来得多久呀?"

斯威夫特先生轻笑道:"汤姆,我已经让山姆·巴克带过来了,就在我这!"

"太好了!我在下面指挥你们投放就位。"

斯威夫特先生转过头,给正在操作绞车电机的汉森发送指令。汉森向前推送操纵杆,将拴着磁铁的电缆收起。水下那块大

磁铁慢慢淡出视野,"海洋之箭"依然坚守在那里。

与此同时,斯利姆·戴维斯已经将"蓝天女王"稳稳地悬停在火箭上方。按照斯威夫特先生的要求,真空提升机已经准备好了,巨型磁铁刚被拉上来,他就开始忙碌起来。把它安装在巨型磁铁上以后,电缆又被放了下去,磁铁和抽吸机到达深海中指定位置需要花上几分钟的时间。

"来了!"巴德喊道。合为一体的两台仪器渐渐出现在探照灯光照范围里。"喂,现在这大磁铁应该叫斯威夫特章鱼吧。你看那一道道电缆,多像触角啊!"

当真空泵开始发力时,置于火箭外壳之上的电缆一端,紧紧地黏附在其外壳上。

"对准了吗?"斯利姆利用短波问道。

"还没呢。"汤姆回答说,"有点偏北了,往前移一点,我再看看。"

在汤姆指挥下,飞行员终于把设备摆放到正确位置上。然后汉森放绳,设备吸附到火箭了。

"正中目标!"年轻的发明家通过无线电和上面的人交流着。

"蓝天女王"上,斯威夫特先生按下按钮,抽吸机运转起来了。

"起!"汤姆对着麦克大声说道。

上面开始卷起电缆,潜艇里一阵欢呼。

"起来了!"巴德激动地说。

黑暗中,火箭在电缆的末端摇摆着,一点点地上升。汤姆驾着"海洋之箭"紧紧地跟在后面,保证火箭一直在光照范围内。他们一路上升,窗外的海水从黑暗到深灰,最终变为蓝绿色。

突然,扩音器里传出斯威夫特先生焦虑的声音:"马上没有吸力了。"他紧张地看着飞机上的真空提升机,紧锁着眉头。指针示数正在急剧下滑!

斯威夫特先生让所有人都过来帮忙。飞机上一阵忙乱过后,两根起重钢索的末端被扭成两个圆圈,慢慢下放,套在火箭头尾两部分。

一波未平一波又起。耀眼的火花从钢索与火箭连接之处飞溅而起,火箭四周水面嘶嘶作响,气泡不断地翻滚着。

汤姆抓起麦克。"爸爸,套在火箭上的绳索圈起火了!"他喊道,"火箭的金属起反应了!"

此时任何措施都于事无补。几人眼睁睁地看着火箭头尾部被剥离开来,他们先前用"谍眼"也查看不到的透明中翼顺势从缺口处滑落出来。

中翼所容之物瞬间暴露无遗,里面奇形怪状的浅红色植物终于重见天日。紧接着,这颗大的透明舱体一头扎入水中,沉入海底!

"我们失败了!"巴德气急败坏地说,"战利品没了!"

"还没结束呢!"汤姆毅然决然地说道。

他向前猛推控制轮,将节流阀完全打开,潜艇一下子蹿入水下。黑暗中那颗载着外星花园的巨大舱体早已不见踪影。汤姆打开探照灯,黄色的光束穿透浑浊的海水,向远处延伸。

"找到了!"哈姆大喊道。

他们朝着火箭全速向下驶去,快速下潜的过程令人眩晕。片

第二十四章　海底之囚

刻间,"海洋之箭"已经快要到达海底。乔治·布劳恩倒吸了一口凉气,一把抓住汤姆的胳膊,手指着窗外,面露惊恐之色。

"'水虎鱼'在这!"他大叫道。

黑色的潜艇似乎是被困住了,正在淤泥里无助地挣扎着,不得解脱。而载着奇异植物的花园火箭也正在慢慢陷入泥潭。就在那时,"海洋之箭"触底了!

汤姆突然意识到一件可怕的事——他们潜得太深了。他心想,"我们也要被困在这里了"!

他汗如雨下,双手在操控装置上飞舞着。他关闭动叶装置,将叶片倒转,再加大马力靠轮子向后猛冲。

潜艇颤动着奋力向上,却始终无法摆脱泥潭的禁锢!他们察觉到一股无形的力量在制压着海洋之箭——它正慢慢地陷入海底泥沼!

四位水手面面相觑,笼罩在深深的恐惧之中。他们现在是海底之囚,举步维艰。

第二十五章　外星生命

汤姆努力驱赶内心的恐慌,保持头脑清醒。

"我们还没有完全被困!"他心想,"爸爸的真空提升机连火箭都提得动,那么我们也可以被救出去的。"

他一把抓起麦克,通过无线电向"蓝天女王"汇报他们此时的处境,还询问真空提升机是否能够尽快修好。

"我换上了新的保险丝,已经修好了。"爸爸连忙答道,"在那别动。放心,我会很快把你们救上来的!"

潜艇里的人焦急地等待着。终于,磁铁和真空提升机又晃晃荡荡地出现在视野里了。

"偏离目标!"汤姆利用短波跟斯利姆·戴维斯沟通,"再向东移动大约几米!"在年轻发明家的紧急指挥下,吸引装置终于悬于海洋之箭舱头的正上方。"好,准备!"几秒钟后他命令道:"拉!"

几人心跳加速,嗓子干哑,不知能否逃过此劫。渐渐地,他们感到潜艇的头部正不断向上倾斜。

"动了!"巴德嘴里念叨着。

不一会儿,整个潜艇开始向上升起。潜艇突然晃了一下,终于从淤泥里解脱出来！

"爸爸，我们出来了，可以松开了！"汤姆开心地说。他连忙打开动叶装置，将潜艇悬停在水中，要查看"水虎渔"船上人员的安全情况。

"就应该把他们扔在这滩泥巴里。"巴德刻薄地说。

"我比你更想这样做，"汤姆说，"等他们脱险后再找他们算账！"

汤姆向爸爸汇报了此事，爸爸同意立刻营救船员。斯利姆·戴维斯将吸引装置对准了潜艇外壳。

相比之下，水虎鱼的体积和质量要大一些，加上陷得更深，把它拉出来还要费一番功夫。起重索绷得直直的，时刻准备向上牵引，汤姆正尝试通过声呐与受困人员取得联系。他终于成功了，船上人员都还活着，也没有人受伤。

"你一定要救救我们！"威克利夫请求道。

"我们正在全力以赴地实施营救。"汤姆答道。他向他们解释了"蓝天女王"的打捞方案，还有真空提升机的作用。"你们出来以后，"他补充说，"我希望你们在海面上老老实实地等我们。"

"一定！我保证！"威克利夫承诺道。

"他的话能信吗？"巴德问道。

汤姆慢慢地点了点头："我想，他会说到做到的。死里逃生的人往往会良心发现。"

接下来的几分钟，"蓝天女王"一直不遗余力地向上牵引着，紧绷着的起重索几乎快超过拉伸强度的极限了。终于，水虎鱼颠簸

第二十五章 外星生命

了一下，从淤泥里脱身而出，大家为之振奋不已。潜艇早已将沉浮箱排空，当即便朝着水面向上浮去。

看着水虎鱼渐渐驶出了光照范围，汤姆笑了。"威克利夫就算是想逃跑也无能为力了。'水虎鱼'刚才为了挣脱泥潭已经元气大伤了！"

汤姆此时还有一个任务——打捞透明的载着外星花园的火箭部分。在他的指挥下，真空提升机瞄准位置，待绳索缠住巨大舱体后，慢慢将其拉出海面，最终将它捞起放置到"蓝天女王"上的机库里。

"海洋之箭"浮出了水面，汤姆和朋友们看到"水虎鱼"正无助地在风浪里飘摇。

"现在该怎么办呢？"乔治问道。

"现在，"汤姆斩钉截铁地说，"威克利夫和他的同伙们必须给个说法了。"

汤姆通过无线电让"蓝天女王"把梯子放下来，先把敌方人员弄上去，然后再接应自己人。不一会儿"水虎鱼"的舱口打开了，里面的人鱼贯而出。威克利夫、阿克顿、普莱斯，还有一个当地人，依次顺着梯子爬上了救援机"蓝天女王"。汤姆猜测当地人应该就是塔克罗斯了。

汤姆和同伴们随后登上了飞行实验室。此时威克利夫一伙人被关在一个小休息室里。

威克利夫一看见汤姆便紧张起来，支支吾吾地说："你和你爸爸恨我、讨厌我都无可非议，是我活该。但至少给我个机会感谢你们的救命之恩。说实话，我们当时已经放弃了！"

这位戴眼镜的科学家耷拉着单薄的肩膀，目光茫然，一脸颓丧。费德·阿克顿和凯尔特·普莱斯恼羞成怒，紧紧挨着威克利夫，缩成一团，好像很害怕的样子。天文学家塔克罗斯独自站在一旁，和他们保持着距离。

"你必须把事情一件一件解释清楚。"斯威夫特先生厉声说道，"马上解释！"

"我什么都说。"科学家落寞地说道，"这一切要从我看到你桌上的《星际词典》开始。你们现在也知道了，是我鬼迷心窍，偷了《星际词典》。"

"可这是为什么呀？"斯威夫特先生眉头紧锁，不解地问道。

威克利夫悻悻地耸了耸肩，说："我猜是嫉妒心和抱负在作祟吧。我也想和外星人联络。当我看到本子后面那条信息，得知外星人要运送生命体样本的时候，我知道这是千载难逢的机会，我会因此成为科学界的英雄。"

"你要自己找到火箭？"

"是的。我的一个前雇员斯默特，现在在你们的通信部工作，我收买了他，获取你们向外太空发送信息的示波器频率，然后阻拦你们的信号，再把自己的信息发送出去。"

没等他说完，汤姆问道："你那条信息是怎么说的？"

威克利夫想了一会儿，答道："继续向西经3°18′、北纬0°4′方向航行。"

汤姆打了个响指说道："没错！我们只收到了最后两个字。可你为什么选了这个地点？"

第二十五章 外星生命

科学家解释说,亚马孙地区是个不错的降落地点。那里的大陆架水浅且水域宽广,不但可以防止火箭摔个粉碎,还能保证打捞火箭时不被别人发现。

"我猜给克莱德镇长打电话的人,也是你。对吧?"斯威夫特先生问道。

威克利夫愧疚地点点头,答道:"我承认这是个卑鄙的手段。因为我还是担心你们会先我一步,只有制造点麻烦让你们失去公众的信任,我才有胜算。"

"你曾攻击我们的潜艇,你说的这些恐怕不是个好借口吧!"汤姆冷冷地说道。

"相信我,我从没想过要杀人!"威克利夫几近哀求地解释道,"我只是想把你吓走。"

大家都不说话了。汤姆和爸爸看着彼此,两人心照不宣。毫无疑问,威克利夫没有说谎。他还没从深陷海底的恐惧中解脱出来,现在又彻底败给斯威夫特父子俩,似乎已经得到了惨痛的教训。

"作为一个科学家,你很成功。"斯威夫特先生终于开口说话了,"你已经坐拥名利。但是别忘了,科学家需要对全人类负责,你们做出的种种卑劣行为是不可原谅的!"

"你说的都对。"威克利夫可怜兮兮地说,"但是请你们不要向政府揭发我们。我保证绝对不会有下次了!"

父子俩又互相看了看对方,然后郑重地点了点头,同意将此事作罢。因为他们觉得是威克利夫让火箭改变了航线,肖普顿才没有遭受严重损失。

科学家和他的两个助手这才松了一口气，一遍又一遍地道谢，结果被斯威夫特先生冷冷地打断了。随后，威克利夫又恳求能去看一眼那截承载着外星生命体样本的火箭。

"好吧。"斯威夫特先生说，"看来大家都十分渴望去观看外星生命体呢。"

到达机尾的飞机舱后，他们围在巨大舱体周围。眼前奇异的景象让人忘记了呼吸——里面至少有二十种不同的植物，外表闪烁着红色的金属光泽。它们像石笋一样直接生长在岩石上，形似蜂巢状的郁金香，或是巨大的倒立着的无茎蘑菇。有的"花"还长着长长的刺突，里面的油状液体清晰可见。

植物周围有很多奇形怪状的昆虫在四处爬行。它们看起来有点像巨型金龟子。其中一只还爬到一朵花的刺突上去吸食渗出的液体。

大家被眼前的景象深深地吸引了，呆呆地望着，谁也没有说话，心里充满敬畏之情。斯威夫特先生搂过儿子的肩膀，喃喃地说："这是人类有史以来第一次看到外星生命！孩子，这是历史性的一刻，你知道吗？"

汤姆点点头，回答道："当然了，爸爸。我都迫不及待地想要把这座星际花园带回实验站，细细地研究一番。想想都觉得高兴！"

哈姆突然喊道："你们看，里面怎么了？"

在大家惊慌的注视下，一些植物开始枯萎凋谢，还有几只昆虫一动不动地趴在那里，接着翻身，仰面朝天。

"它们要死了！"乔治大声说道。

第二十五章 外星生命

汤姆立刻冲出机库，飞奔上二楼的实验区，不一会儿便回来了。他一只手拿着一些工具，另一只手用钳子夹着一块冒着白气的球状物体。

"干冰。"他解释道。

他迅速在透明的外壳上钻了个洞，把干冰放进去后再把洞口封上。里面的植物和昆虫立刻恢复过来了。

巴德把手搭在汤姆的肩上，赞叹道："哇！你真是个天才！"

"我断定它们星球的气候要比我们这里冷得多，那里的大气层大部分是二氧化碳。"汤姆说，"所以得给他们来点这个。"

他们打算把损坏的潜艇运送到港口。威克利夫他们将在此留住几日，将潜艇修好。汤姆一行人则驾着海洋之箭返回肖普顿。

"我还会回来修复火箭外壳的。"汤姆若有所思地说，"我想弄清楚外壳金属的成分，我觉得里面应该有蒙脱石。"

"喂！"巴德大声说道，"解释下术语！"

"当然！"汤姆大笑道。

哈姆和乔治两人恳请汤姆，进一步探寻大西洋海岭那座海底黄金之城的奥秘。

"我们有时间一定会继续调查的。"汤姆承诺道，"但目前，我和爸爸得研究这些外星生命体样本，找到外星朋友在地球上生存的方法。"

汤姆下一次探险之旅会是在天上、地上还是海里？他会发明什么东西来完成任务呢？答案就在下一本书里——《汤姆·斯威夫特在核火洞穴》。

他的思绪被一阵狂笑打断了。"我的天呀，这发生了什么？"

乔双眼肿胀，眼神黯淡。但他并不是还没康复，只是觉睡多了而已。他摇摇晃晃地走了过来，看到眼前这些浅红色的外星生物时，脸上惊恐的表情引起了一阵哄堂大笑。"这是什么啊？我是不是又做噩梦了？"

汤姆笑得合不拢嘴，抬起一只胳膊搂住厨师宽厚的肩膀。

"乔，我跟你说啊，"汤姆坏坏地说道，"你得先给我们准备一桌丰盛大餐，我再告诉你这是什么！"